August Weismann

Über die Dauer des Lebens

August Weismann
Über die Dauer des Lebens
ISBN/EAN: 9783743616899
Hergestellt in Europa, USA, Kanada, Australien, Japan
Cover: Foto ©Andreas Hilbeck / pixelio.de

August Weismann

Über die Dauer des Lebens

Ueber

die Dauer des Lebens.

Ein Vortrag

von

Dr. August Weismann,
Professor in Freiburg i. Br.

Jena,
Verlag von Gustav Fischer.
1882.

Vorwort.

Der vorliegende Vortrag wurde auf der deutschen Naturforscherversammlung zu Salzburg am 21. September 1881 gehalten, im Wesentlichen so, wie er hier abgedruckt ist. Nur wenige längere Darlegungen sind eingeschoben worden, die beim mündlichen Vortrag der gebotenen Kürze halber hatten wegfallen müssen und die desshalb auch im ersten Abdruck der Rede in den Verhandlungen der 54sten Naturforscherversammlung nicht enthalten sind.

Weitere Einschaltungen wären ohne wesentliche formelle Umgestaltung nicht thunlich gewesen und so habe ich unter Anderm auch darauf verzichtet, einen Zusatz in den Text aufzunehmen, der eigentlich besser dorthin gehörte, als in den „Anhang", wo er jetzt als achter Abschnitt desselben steht. Er füllt eine Lücke aus, die der angedeuteten Rücksicht halber im Text gelassen worden war, indem er versucht, eine Erklärung für den normalen Tod der Gewebe-Zelle zu geben, eine Erklärung, die verlangt werden muss, wenn andrerseits behauptet wird, dass die einzelligen Organismen auf ewige Dauer eingerichtet sind.

Die übrigen Zusätze des „Anhangs" enthalten theils

weitere Ausführungen theils Belege der im Text dargelegten Ansichten, vor Allem eine Zusammenstellung der mir bekannten Beobachtungen über die Lebensdauer einiger Thiergruppen. Viele und wohl mit die genauesten Daten verdanke ich der brieflichen Mittheilung hervorragender Special-Forscher. So hatte Herr Dr. Hagen in Cambridge (Amerika) die Freundlichkeit mir seine Erfahrungen über Insekten verschiedner Ordnungen mitzutheilen, Herr W. H. Edwards in West-Virginia und Herr Dr. Speyer in Rhoden die ihrigen über Schmetterlinge. Herr Dr. Adler in Schleswig sandte mir Angaben über die Lebensdauer der Gallwespen, die dadurch noch besondern Werth besitzen, dass sie von sehr genauen Beobachtungen der Lebensverhältnisse begleitet sind und so eine direkte Prüfung der Faktoren zulassen, von denen ich die Lebensdauer hauptsächlich abhängig glaube. Sir John Lubbock in London und Herr Dr. August Forel in Zürich hatten die Güte, mir ihre Beobachtungen über Ameisen mitzutheilen und Herr S. Clessin in Ochsenfurth die seinigen über einheimische Land- und Süsswasser-Mollusken.

Wenn ich diese werthvollen Mittheilungen hier zusammen mit dem, was ich aus der Litteratur über Lebensdauer zusammentragen konnte und dem Wenigen, was ich selbst an Beobachtungen darüber besitze, veröffentliche, so hoffe ich damit die Anregung zu weiteren Beobachtungen auf diesem noch äusserst spärlich bebauten Felde zu geben. Die Ansichten, welche ich in diesem Vortrage entwickelt habe, basiren auf einer verhältnissmässig kleinen Anzahl von Thatsachen, wenigstens soweit es die Lebensdauer der Arten betrifft. Je mehr sichere Daten hinzukommen, je genauer zugleich mit der Dauer des Lebens auch die Verhältnisse des Lebens festgestellt werden, um so sicherer werden auch unsere Ansichten über die Ursachen begründet werden können, welche die Dauer des Lebens bestimmen.

Neapel, d. 6. December 1881.

Der Verfasser.

Hochgeehrte Versammlung!

Wenn ich mir heute erlauben darf, Ihnen einige Gedanken über die Dauer des Lebens darzulegen, so kann ich kaum besser beginnen als mit einem einfachen, aber inhaltschweren Wort von Johannes Müller. Dasselbe lautet:

> „Die organischen Körper sind vergänglich; indem sich das Leben mit einem Schein von Unsterblichkeit von einem zum andern Individuum erhält, vergehen die Individuen selbst."

Lassen wir die allgemeine Richtigkeit dieses Satzes einstweilen dahingestellt, so ist doch so viel ausser Zweifel, dass das Leben des Individuums seine natürlichen Grenzen hat, wenigstens bei all den Thieren und Pflanzen, welche der nicht naturforschende Mensch zu beobachten gewohnt ist.

Es ist aber auch weiter ausser Zweifel, dass diese Grenzen sehr verschieden weit gesteckt sind, je nach der Thier- oder Pflanzenart. Der Unterschied ist so augenfällig, dass er auch im Volksmund längst seine Formulirung gefunden hat. Nach Jakob Grimm sagt ein mittelhochdeutscher Spruch: „Ein Zaun (könig) währt 3 Jahr, ein Hund 3 Zaunalter, ein Ross 3 Hundsalter, ein Mann 3 Rossalter, macht 81 Jahre. Der Esel erreicht 3 Menschenalter, die Schneegans 3 Eselsalter, die Krähe 3 Gänsealter, der Hirsch 3 Krähenalter, die Eiche 3 Hirschesalter."

Danach würde der Hirsch ein Alter von 6000 Jahren, die Eiche ein solches von 20,000 Jahren erreichen; der Spruch beruht also wohl nicht auf einer sehr exakten Beobachtung, aber der allgemeine Sinn desselben, dass die Dauer der Lebewesen eine sehr verschiedene sei, ist richtig.

Da liegt denn die Frage nahe, worauf wohl diese grosse Verschiedenheit beruht, warum den Individuen die süsse Gewohnheit des Daseins in so verschiedenem Maasse zugemessen ist?

Man wird zunächst geneigt sein, darauf zu antworten: **auf der körperlichen Verschiedenheit der Arten, auf Bau und Mischung**, und in der That laufen alle Erklärungsversuche, welche bisher aufgetaucht sind, auf diese Vorstellung hinaus.

Dennoch genügt diese Erklärung nicht. Allerdings muss in letzter Instanz die Ursache der Lebensdauer **im Organismus selbst** liegen, da sie sich nicht ausserhalb desselben befinden kann, allein Bau und Mischung, kurz die physiologische Constitution des Körpers, sind nicht die einzigen Momente, welche die Dauer des Lebens bestimmen. Das erkennt man sofort, wenn man versucht, die vorliegenden Thatsachen aus diesen Momenten allein abzuleiten.

Zunächst kommt hier in Betracht: die Körpergrösse. — Die längste Lebensdauer von allen Organismen der Erde besitzen die grossen Bäume. Die Adansonien der Capverdi'schen Inseln sollen 6000 Jahre alt werden. Unter den Thieren sind es auch wiederum die grössten, welche das höchste Alter erreichen, der Walfisch lebt sicherlich einige Jahrhunderte, der Elefant wird 200 Jahre alt und es hält nicht schwer nach abwärts eine Reihe von Thieren aufzuführen, bei welcher die Lebensdauer ungefähr parallel der Körpergrösse abzunehmen scheint. So lebt das Pferd 40 Jahre, die Amsel 18, die Maus 6 Jahre, viele Insekten nur ein Paar Wochen.

Sieht man sich aber etwas genauer um, so findet man, dass dasselbe Alter von 200 Jahren, welches der Elefant erreicht, auch von viel kleineren Thieren, wie Hecht und Karpfen, erreicht wird; 40 Jahre alt wird ausser dem Pferd auch die Kröte und die Katze, und die etwa faustgrosse See-Anemone wird über 50 Jahre alt, wie schliesslich das Schwein und der Flusskrebs dieselbe Lebensdauer von 20 Jahren besitzen, obwohl letzterer nicht den 100sten Theil des Gewichtes vom Schwein erreicht.

Es ist also jedenfalls nicht die Körpergrösse allein, welche das Lebensmaass bestimmt. Dennoch besteht eine Beziehung zwischen beiden; das grosse Thier lebt wirklich schon desbalb, weil es gross ist, länger als ein kleines; es hätte überhaupt gar nicht zu Stande kommen können, wenn ihm nicht eine längere Lebensdauer bewilligt werden konnte.

Niemand wird glauben, dass der Kolossalbau eines

Elefanten in 3 Wochen aufgerichtet werden könnte, wie der einer Maus, oder gar in 1 Tag, wie der einer Fliegenlarve. Die Tragzeit eines Elefanten dauert nicht viel weniger als 2 Jahre und die Jugend desselben etwa 24 Jahre!

Aber auch das erwachsene, grosse Thier braucht mehr Zeit als das kleine, um die Erhaltung der Art zu sichern. Leuckart und später Herbert Spencer haben schon betont, dass die ernährenden Flächen des Thiers mit seiner Grösse nur im Quadrat, die Masse desselben aber im Kubus zunimmt. Daraus folgt, dass, je grösser das Thier ist, um so schwieriger und langsamer kann es einen Ueberschuss von Nahrung über den Verbrauch hinaus assimiliren, um so langsamer kann es sich fortpflanzen.

Wenn aber auch im Allgemeinen gesagt werden kann, dass Wachsthums- und Lebensdauer bei grossen Thieren grösser sind, als bei kleinen, so besteht doch kein festes Verhältniss zwischen beiden und Flourens war im Irrthum, wenn er glaubte, die Lebensdauer betrage stets das Fünffache der Wachsthumsdauer. Beim Menschen mag dies zutreffen, wenn wir seine Wachsthumsdauer auf 20, seine Lebensdauer auf 100 Jahre ansetzen, aber schon bei zahlreichen andern Säugethieren stimmt es nicht. So lebt das Pferd 40, ja 50 Jahre — wenigstens kommt das letztere Alter kaum seltner vor als beim Menschen das Alter von 100 Jahren; mit 4 Jahren aber ist das Pferd erwachsen, seine Lebensdauer beträgt somit das 10—12fache seiner Wachsthumsdauer.

Das zweite, rein physiologische Moment, welches die

Lebensdauer beeinflusst, ist die Raschheit oder Langsamkeit, mit welcher das Leben dahinfliesst, kurz ausgedrückt: das Tempo des Stoffwechsels und der Lebensprocesse.

In diesem Sinne sagt Lotze in seinem Mikrokosmus: „Grosse und rastlose Beweglichkeit reibt die organische Masse auf und die schnellfüssigen Geschlechter der jagdbaren Thiere, der Hunde, selbst die Affen stehen an Lebensdauer sowohl dem Menschen, als den grösseren Raubthieren nach, die durch einzelne kraftvolle Anstrengungen ihre Bedürfnisse befriedigen" — „die Trägheit der Amphibien gestattete dagegen auch den kleineren unter ihnen eine grössere Lebenszähigkeit".

Ganz gewiss ist etwas Richtiges an dieser Bemerkung. Dennoch wäre es ein grosser Irrthum, wollte man glauben, dass Schnelllebigkeit nothwendig auch kürzeres Leben bedinge. Die schnelllebenden Vögel haben trotzdem alle eine relativ sehr lange Lebensdauer, wie nachher noch genauer zu zeigen sein wird, sie erreichen, ja übertreffen darin die trägen Amphibien gleicher Körpergrösse. Man darf sich den Organismus nicht als einen Haufen Brennstoff vorstellen, der um so früher zu Asche zusammensinkt, je kleiner er ist und je rascher er brennt, sondern als ein Feuer, in das immer neue Scheite hineingeworfen werden können, und das so lange unterhalten wird, als es eben nöthig ist, mag es nun schnell oder langsam brennen.

Nicht dadurch, dass der Körper rascher verzehrt wird, kann Schnelllebigkeit unter Umständen auch kürzeres Leben im Gefolge haben, sondern dadurch, dass der schnellere Ablauf der Lebensprocesse auch die Lebensziele, die Reife, die Fortpflanzung rascher erreichen lassen, dadurch dass der Organismus rascher seinen Zweck erfüllt.

Wenn ich von Zwecken rede, so meine ich es nur bildlich und stelle mir keineswegs die Natur bewusst arbeitend vor. Aber es ist eine kurze und bequeme Ausdrucksweise, bei der man ja durchaus nicht zu vergessen braucht, dass die scheinbaren Zwecke in Wahrheit oder wenigstens doch in erster Linie nur nothwendig und unbewusste Wirkungen der vorhandenen Naturkräfte sind. Wir können der figürlichen Redewendungen nicht entbehren, wenn wir nicht geschmacklos ins Breite gehen wollen, und so bitte ich im Voraus, mir diese und ähnliche Licenzen noch öfters gestatten zu wollen.

Wenn ich vorhin die Lebensdauer in eine gewisse Beziehung zur Körpergrösse setzte, so hätte ich gleich noch ein Moment hinzufügen können, welches in ähnlicher Weise wirkt, nämlich die Complikation des Baues. Zwei Wesen von gleicher Körpergrösse erfordern doch eine ungleiche Zeit zu ihrer Herstellung, wenn sie von ungleicher Organisationshöhe sind. Es gibt niederste Thiere, Wurzelfüsser, welche einen Durchmesser von $1/2$ Mm. erreichen, also grösser sind, als viele Insekteneier. Dennoch theilt sich eine Amöbe unter günstigen Umständen innerhalb 10 Minuten in 2 Thiere, während kein Insektenei sich unter 24 Stunden zum jungen Thier gestaltet. Die grosse Menge von Zellen, die hier aus der **einen** Eizelle hervorgehen muss, erfordert zu ihrer Bildung mehr Zeit.

So sehen wir, dass in der That die eigene Constitution des Thieres seine Lebensdauer mit bestimmen hilft, wenigstens nach der einen Seite hin, **nach abwärts**, indem sie das Minimum von Dauer festsetzt, unter welches nicht herabgegangen werden kann, soll das Thier überhaupt in reifem Zustand zu Stande kommen. Damit ist aber nur ein Theil der Lebensdauer gegeben, denn als diese haben wir das Maximum von Zeit zu betrachten, während der ein Thierkörper ausdauern kann.

Nun hat man allerdings bisher immer angenommen, dass eben dieses Maximum auch ausschliesslich von der Constitution des Thiers bestimmt würde, allein dies ist ein Irrthum. Die Stärke der Feder, welche die Lebensuhr treibt, hängt keineswegs blos von der Grösse der Uhr ab, oder dem Material, aus welchem sie gemacht ist — oder um aus dem Bilde zu kommen: die Lebensdauer wird nicht allein durch die Grösse des Thieres, die Complicirtheit seines Baues und die Raschheit seines Stoffwechsels bestimmt. Einer solchen Auffassung stellen sich Thatsachen ganz bestimmt und entscheidend entgegen.

Wie wollten wir es von diesem Standpunkte aus erklären, dass die **Weibchen und Arbeiterinnen der Ameisen mehrere Jahre leben, während die Männchen kaum ein Paar Wochen ausdauern?** Beide Geschlechter unterscheiden sich weder durch Körpergrösse irgend erheblich, noch durch Complikation des Baues, noch durch das Tempo des Stoffwechsels, sie sind nach allen diesen drei Richtungen als identisch anzusehen und dennoch solch ein Unterschied in der normalen Dauer des Lebens!

Ich werde später wieder auf diesen und ähnliche Fälle zurückkommen, für jetzt scheint mir damit jedenfalls soviel bewiesen, dass die physiologischen Verhältnisse sicherlich nicht die einzigen Regulatoren der Lebensdauer sein können, dass sie allein es nicht sind, welche die Stärke der Feder der Lebensuhr bestimmen, dass vielmehr in Uhren von nahezu gleicher Beschaffenheit Federn verschiedner Stärke eingesetzt werden können.

Das Gleichniss hinkt, indem im Organismus keine besondere Kraft angenommen werden kann, die die Dauer desselben bestimmt, aber es trifft zu, indem es anschaulich macht, dass die Lebensdauer vorwiegend durch etwas von aussen Kommendes dem Organismus aufgezwungen wird. Die äussern Bedingungen des Lebens sind es, welche dem Organismus gewissermaassen die Feder einsetzen, die seine Dauer bestimmt, oder besser, die ihn selbst zu einer Feder von bestimmter Stärke machen, welche nach bestimmter Zeit ihre Spannkraft verliert.

Um es kurz zu sagen, so scheint es mir nicht zweifelhaft, dass die Lebensdauer wesentlich auf Anpassung an die äussern Lebensverhältnisse beruht, dass sie normirt, d. h. verlängert oder verkürzt werden kann, je nach dem Bedürfniss der betreffenden Art, dass sie genau durch denselben mechanischen Regulationsprocess geregelt wird, durch den auch der

Bau und die Funktionen des Organismus seinen Lebensbedingungen angepasst werden.

Nehmen wir einmal an, es sei so und fragen wir, wie müsste sich die Lebensdauer der Thiere dann gestalten? Zunächst wäre vorauszuschicken, dass bei der Regulirung der Lebensdauer lediglich das Interesse der Art in Betracht käme, nicht etwa das des Individuums. Das ist für Jeden selbstverständlich, der überhaupt einmal den Selectionsprocess durchgedacht hat und ich brauche mich dabei nicht aufzuhalten. Es ist für die Art an und für sich gleichgültig, ob das Individuum länger oder kürzer lebt, für sie kommt es nur darauf an, dass die Leistungen des Individuums für die Erhaltung der Art ihr gesichert werden. Diese Leistungen bestehen in der Fortpflanzung, in der Hervorbringung eines für den Bestand der Art genügenden Ersatzes der durch Tod abgehenden Individuen. Sobald das Individuum seinen Beitrag zu diesem Ersatz geleistet hat, hört es auf, für die Art Werth zu haben, es kann zur Ruhe gehen, es hat seine Pflicht erfüllt. Nur dann behält es noch länger Interesse für die Art, wenn Brutpflege hinzukommt, wenn die Aeltern ihre Sprösslinge nicht blos einfach in die Welt setzen, sondern auch noch eine Zeit lang für sie sorgen, sei es, dass sie dieselben nur beschützen, sei es, dass sie sie zugleich auch ernähren, oder schliesslich sie noch in höherer Weise zum selbstständigen Leben heranziehen, indem sie sie unterrichten. Letzteres kommt nicht blos beim Menschen vor, sondern — wenn auch in viel geringerem Grad bei Thieren; die Vögel lehren ihren Jungen das Fliegen.

Wir werden also erwarten müssen, dass im Allgemeinen das Leben die Fortpflanzungszeit nicht erheblich überdauere, es sei denn, dass die betreffende Art Brutpflege ausübe.

So finden wir es auch in der That. Alle Säugethiere, alle Vögel überleben ihre Fortpflanzungszeit, auf der andern Seite hört bei allen Insekten das Leben mit der Fortpflanzung auf, mit einziger Ausnahme der Arten mit Brutpflege und auch bei niedern Thieren ist dies der Fall, soweit wir urtheilen können.

Damit ist indessen noch nicht die Lebensdauer selbst gegeben, sondern nur ihr relativer Endpunkt. Die Dauer selbst wird einmal davon abhängen, wie lange das Thier zur Reife braucht, also von der Länge der Jugendzeit und zweitens von der Dauer der Reifezeit, d. h. davon, wie lange Zeit das Individuum braucht, um die für die Erhaltung der Art nöthige Anzahl von Nachkommen zu liefern. Grade dieser Punkt wird nun aber sehr wesentlich mitbestimmt durch die äussern Lebensbedingungen.

Es gibt keine Thierart, die nicht der Zerstörung durch Zufälligkeiten ausgesetzt wäre, durch Hunger oder Kälte, durch Dürre oder Nässe, oder schliesslich durch Feinde, sei es dass sie als förmliche Raubthiere, sei es dass sie als Schmarotzer, oder als epidemische Krankheiten auftreten. Wir wissen ja auch, dass diese zufälligen Todesursachen nur scheinbar, und jedenfalls nur in Bezug auf das einzelne

Individuum wirklich zufällige sind, dass sie aber in Wahrheit mit der grössten Regelmässigkeit viel zahlreichere Individuen zerstören, als durch den natürlichen Tod zu Grunde gehen. Sind ja doch Tausende von Arten in ihrer Existenz auf die Zerstörung andrer Arten angewiesen, kann man doch z. B. die Myriaden kleiner Kruster, welche unsre Seeen bevölkern, gradezu als Fischnahrung bezeichnen.

Es lässt sich nun leicht einsehen, dass das einzelne Individuum um so mehr — ceteris paribus — dieser Zerstörung durch Accidentien ausgesetzt ist, je länger die Zeit seines natürlichen Lebens dauert. Je länger also das Individuum braucht, um die für den Bestand der Art erforderliche Nachkommenzahl zu produciren, um so zahlreichere Individuen werden durch Accidenz sterben, ehe sie ihre Pflicht gegen die Art ganz erfüllt haben. Es folgt daraus einmal, dass die Zahl der von dem einzelnen Individuum zu leistenden Nachkommen um so grösser sein muss, je länger seine Fortpflanzungszeit ist; es folgt aber weiter noch der auf den ersten Blick überraschende Satz, dass die **Tendenz der Natur nicht etwa darauf ausgeht, den Individuen im reifen Zustand ein möglichst langes Leben zu sichern**, sondern im Gegentheil dahin, **die Fortpflanzungs- und damit also auch die Lebensdauer so kurz zu normiren, als nur immer möglich**. Doch bezieht sich dies nur auf Thiere, nicht auf Pflanzen.

Dies klingt sehr paradox, aber die Thatsachen erweisen es als richtig. Zunächst scheinen allerdings die zahlreichen Fälle einer **bedeutend langen Lebensdauer** dieses Resultat der Deduktion zu widerlegen, der Widerspruch löst sich aber bei näherem Zusehen.

So besitzen **die Vögel** im Allgemeinen eine auffallend lange Lebensdauer. Selbst die kleinsten einheimischen Sänger leben 10 Jahre lang, **Nachtigall** und **Amsel** 12—18 Jahre, ein **Eiderganspaar** wurde 20 Jahre lang auf demselben Nistplatz beobachtet und man glaubt, dass diese Vögel gegen 100 Jahre alt werden können; ein **Kukuk**, der an einem etwas fehlerhaften Ruf kenntlich war, wurde 32 Jahre nacheinander in demselben Waldbezirk gehört. **Sumpf-** und **Raubvögel** werden noch viel älter, sie sehen zum Theil die Geschlechter der Menschen kommen und gehen. So erzählt **Schinz** von einem **Lämmergeyer**, den man oft auf einem Felsblock mitten im Eismeer bei Grindelwald sitzen sah und den die ältesten Männer von Grindelwald in ihrer Jugend schon auf der nämlichen Stelle bemerkt hatten. Ein **weissköpfiger Geyer** der Schönbrunner Menagerie hielt sich 118 Jahre lang in Gefangenschaft und von **Adlern** und **Falken** hat man mehrfache Beispiele, dass sie weit über 100 Jahre alt werden. Wer kennt endlich nicht A. von **Humboldt's Aturen-Papagey**, von dem die Indianer sagten, man verstehe ihn nicht, weil er die Sprache des untergegangenen Aturen-Stammes spreche?

Es fragt sich nun: Inwiefern kann diese uns lang erscheinende Lebensdauer dennoch als die kürzeste aufgefasst werden, welche möglich war, als das **mögliche Minimum**?

Mir scheint, dass hier hauptsächlich 2 Momente in Betracht kommen, einmal der Umstand, dass die **Brut** der Vögel einer grossen **Zerstörung** ausgesetzt ist und zweitens, dass ihr auf den **Flug** berechneter Körper eine **grosse Fruchtbarkeit** ausschliesst.

Viele Vögel legen nur 1 Ei, wie die Sturmvögel, Taucher, Lummen und andre Seevögel und brüten, wie überhaupt die meisten Vögel, nur 1 Mal im Jahr; andre legen 2 Eier, wie viele Raubvögel, Tauben, Kolibri's; nur schlechte Flieger, wie die Hühner und Fasanen bringen eine grosse Anzahl von Eiern hervor, d. h. gegen 20; aber grade bei diesen ist die Brut sehr der Zerstörung preisgegeben. Ueberhaupt gibt es wohl keine Vogelart, bei der dies gar nicht der Fall wäre. Selbst bei dem mächtigsten unsrer einheimischen Raubvögel, dem **Steinadler**, den alle Thiere fürchten und dessen an der Felswand hängender Horst jedwedem Raubgesindel unzugänglich ist, geht nicht selten schon das Ei durch Nachfröste und späten Schnee zu Grunde und später im Winter hat der junge Vogel den grimmigsten Feind, den Hunger, zu bestehen. Bei den meisten Vögeln ist aber schon **das kaum gelegte** Ei zahlreichen Nachstellungen lebendiger Feinde ausgesetzt, Marder und Iltis, Katzen und Eulen, Bussarde und Raben stellen ihnen nach. Dazu kommt dann später noch die Zerstörung der hülflosen Jungen durch dieselben Feinde, der Kampf mit Kälte und Hunger im Winter, oder aber die vielfachen Gefahren beim Ziehen über Land und Meer, die grade die jungen Vögel unbarmherzig decimiren.

Direkt lässt sich die Höhe der Zerstörung nicht ermitteln, aber auf indirektem Wege kann man sich ein ungefähres Bild davon machen. Nehmen wir mit Darwin und Wallace an, dass bei den meisten Arten eine gewisse Stabilität in der Zahl der gleichzeitig lebenden Individuen eingetreten ist, so zwar, dass auf einem bestimmten Wohngebiet die Zahl der Individuen sich innerhalb eines grösseren Zeitraums annähernd gleich bleibt, so brauchte man nur die Fruchtbarkeit einer Art zu kennen und ihre durchschnittliche Lebensdauer, um daraus die Zerstörungsziffer zu berechnen. Leider kennt man das Durchschnittsalter des reifen Vogels kaum für irgend eine Art mit Genauigkeit. Nehmen wir aber einmal an, dasselbe betrage für eine Art 10 Jahre und diese bringe jährlich 20 Eier hervor, so würden also von den 200 Eiern, welche während der zehnjährigen Lebensdauer gelegt würden, 198 zu Grunde gehen und nur 2 wieder zu reifen Vögeln werden. Oder setzen wir — um ein konkretes Beispiel zu nehmen — die durchschnittliche Lebensdauer des Steinadlers auf 60 Jahre, seine Jugendzeit — sie ist nicht genau bekannt — auf 10 Jahre und lassen wir ihn zwei Eier jährlich hervorbringen, so würde also ein Paar in 50 Jahren 100 Eier legen, von denen aber nur 2 wieder zu erwachsenen Vögeln heranwüchsen; ein Adlerpaar würde also durchschnittlich nur alle 50 Jahre dazu gelangen, ein Paar Junge gross zu ziehen. Diese Berechnung wird eher hinter der Wahrheit zurückbleiben, als sie übertreiben; sie genügt aber, um klar zu machen, dass in der That die Zerstörung der Brut eine sehr hohe Ziffer erreichen muss bei den Vögeln (1.).

Wenn dies aber feststeht, und zugleich die Fruchtbarkeit aus physikalischen und andern Gründen nicht gesteigert werden darf, dann gibt es kein andres Mittel für die Erhaltung der Vogelarten, als ein langes Leben. Wir haben somit dasselbe als eine Nothwendigkeit erkannt.

Ich habe vorhin schon darauf hingewiesen, dass grade die Vögel sehr deutlich zeigen, wie die rein physiologischen Verhältnisse durchaus nicht ausreichen zur Erklärung der Lebensdauer. Obgleich bei allen Vögeln das Leben rascher pulsirt, die Bluttemperatur höher ist als bei den Säugethieren, übertreffen sie diese doch bei Weitem an Lebensdauer. Nur die Riesen unter den Säugethieren, wie Walfisch, Elefant, erreichen oder übertreffen vielleicht noch die langlebigsten Vögel; vergleicht man aber nach dem Körpergewicht, so sind die Säuger überall im Nachtheil. Selbst so grosse Thiere, wie Pferd und Bär überschreiten nicht ein Alter von 50 Jahren, der Löwe wird etwa 35 Jahre alt, das Wildschwein 25, das Schaf 15, der Fuchs 14, der Hase 10, das Eichhörnchen und die Maus 6 Jahre (2). Nun wiegt aber selbst der mächtige Steinadler nicht mehr als 9 bis höchstens 12 Pfund! steht also dem Gewicht nach zwischen Hasen und Fuchs, die er aber Beide um das Zehnfache an Lebensdauer übertrifft.

Dies findet seine Erklärung einerseits in der viel grösseren Fruchtbarkeit der kleinen Säugethiere — man denke an Maus, Kaninchen, Schwein — andrerseits in der viel geringeren Zerstörung der Jungen bei den grösseren Säugern. Das für die Erhaltung der Art nöthige Minimum von Lebensdauer ist ein weit kleineres, als bei den Vögeln. Auch hier sind wir freilich von einer präcisen Berechnung der Zerstörungsziffer noch weit entfernt; aber es lässt sich doch einsehen, dass allein schon die **intrauterine Entwicklung** den Säugern einen grossen Vortheil gegenüber den Vögeln gewährt; bei ihnen kann die Zerstörung der Jungen doch erst mit deren Geburt beginnen, bei den Vögeln beginnt sie schon während der Embryonalentwicklung. Dazu kommt dann noch weiter, dass viele Säuger ihre Jungen noch lange Zeit vor Feinden beschützen.

Ich muss darauf verzichten, näher ins Einzelne einzugehen, oder gar etwa sämmtliche Klassen des Thierreichs darauf durchzugehen, ob und inwiefern sie mit den hier aufgestellten Principien übereinstimmen. Es wäre übrigens zur Stunde auch noch gänzlich unausführbar, **alle, oder auch nur die meisten** Klassen des Thierreichs zu dieser Untersuchung heranzuziehen, weil unsre Kenntnisse über die Lebensdauer der Thiere höchst dürftige sind. Das Interesse an biologischen Studien hat in neuerer Zeit sehr zurückstehen müssen hinter dem an den morphologischen Problemen. Sie finden deshalb in den neueren Hand- und Lehrbüchern der Zoologie **fast oder wirklich Nichts** über die Lebensdauer der Thiere und selbst monographische Behandlungen einzelner Klassen, wie z. B. der Amphibien, Reptilien, ja selbst der Vögel enthalten darüber recht wenig. Steigt man nun gar zu den niedern Thieren hinab, so hört fast Alles auf. Ueber das Alter der Echinodermen habe ich nicht eine einzige bestimmte Angabe finden können und bei den meisten Würmern, Crustaceen und Coelenteraten (4) steht es nicht besser. Bei manchen Molluscen ist allerdings die Lebensdauer sehr gut bekannt, da sich das Alter derselben an ihren Schalen erkennen lässt (5), allein zu unsern Zwecken müsste auch noch eine genaue Kenntniss der Lebensverhältnisse, der Fruchtbarkeit, der Beziehungen zur übrigen Thierwelt und vieles Andre bekannt sein und daran fehlt noch Vieles.

Am meisten sichere Daten nach beiden Richtungen hin liegen wohl bei den Insekten vor und auf diese möchte ich deshalb noch Ihre Aufmerksamkeit etwas specieller lenken.

Zunächst die Dauer des Larvenlebens! Sie ist sehr verschieden und hängt hauptsächlich von dem Nährwerth und der leichteren oder schwierigeren Herbeischaffung der Nahrung ab. Die Larven der Bienen entwickeln sich in 5—6 Tagen zur Puppe und sie werden bekanntlich mit Substanzen von hohem Nährwerth gefüttert, mit Honig und Blüthenstaub und brauchen keine Kraft dran zu setzen, um ihrer Nahrung habhaft zu werden, die dicht vor ihnen aufgeschichtet liegt. Nicht viel länger brauchen die Larven mancher Schlupfwespen die parasitisch in andern Insekten und zwar von den Geweben und Säften ihrer Wirthe leben und auch die Larven der Schmeissfliege beanspruchen nur 8—10 Tage zu ihrer Verwandlung in die Puppe, obgleich sie doch ziemliche Ausgaben an Bewegung machen müssen, wenn sie unter der Haut oder in den Geweben des todten Thieres sich fortbohren, von dessen Substanz sie leben. Bis auf 6 Wochen und mehr verlängert sich die Larvenzeit bei den blattfressenden Raupen der Schmetterlinge, entsprechend dem geringeren Nährwerth der Blätter und der grösseren Ausgabe für Muskelbewegung. Bei solchen Raupen schliesslich, welche vom Holz leben, dauert die Larvenzeit 2—3 Jahre! so beim **Weidenspinner** und der **Holzwespe**.

Aber auch die vom **Raube lebenden** Larven bedürfen einer längeren Zeit zum Aufbau ihres Körpers, da sie nicht nur seltner ihrer allerdings nahrhaften Beute habhaft werden, sondern auch grosse Anstrengungen machen müssen, um dieselbe zu erreichen. So dauert bei den Larven der **Libellen** die Larvenzeit 1 Jahr, bei manchen **Eintagsfliegen** 2 oder 3 Jahre.

Alles dies ergibt sich aus bekannten physiologischen Principien ganz von selbst, **setzt aber voraus, dass die Lebensdauer sehr dehnbar ist,** dass sie nach Bedürfniss verlängert werden kann, sonst hätten überhaupt räuberische oder holzfressende Larven nicht entstehen können im Verlaufe der phyletischen Entwicklung des Insektenstammes.

Nun würde man aber sehr irren, wollte man etwa glauben, es bestehe eine **Reciprocität zwischen der Dauer des Larvenlebens und der des reifen Insektes,** der sog. Imago, als wäre etwa den Insekten gleicher Grösse und Schnelllebigkeit auch das gleiche Maass von Gesammt-Lebensdauer zugemessen und was davon der Larvendauer zugelegt werde, falle von der Imago-Dauer hinweg und umgekehrt. Daran ist gar nicht zu denken, wie allein schon die Thatsache beweist, dass bei **Bienen** und **Ameisen** Männchen und Weibchen die **gleiche Dauer des Larvenlebens,** aber eine um Jahre differirende Dauer des Imago-Lebens aufweisen.

Das Imago-Leben ist im Allgemeinen ein sehr kurzes, nicht nur endet es mit der Fortpflanzung — wie vorhin schon kurz erwähnt wurde — sondern die Periode der Fortpflanzung ist auch eine sehr kurze — ja man kann sagen, eine möglichst kurze (3).

Die Maikäfer-Larve frisst vier Jahre lang die Wurzeln der Pflanzen ab, ehe sie zum Käfer wird und diese so mühsam errungene, so complicirt gebaute Gestalt des reifen Insektes hat ein sehr vergängliches Dasein; der Käfer stirbt etwa einen Monat nach dem Verlassen der Puppe. Und dies ist nicht einmal ein extremer Fall. Die meisten Tagschmetterlinge leben kürzer, und unter den Spinnern gibt es manche, wie z. B. Arten der Sackträger (Psychiden), die nur wenige Tage, ja solche mit parthenogenetischer Fortpflanzung, welche weniger als 24 Stunden leben. So ziemlich das Aeusserste in Lebenskürze leisten aber einige Arten von Eintagsfliegen, die nicht länger als 4—5 Stunden im Imago-Zustand leben. Gegen Abend schlüpfen sie aus der Puppenhülle, sobald ihre Flügel erhärtet sind, erheben sie sich in die Luft, die Fortpflanzung geht vor sich, sie lassen sich aufs Wasser hernieder, sämmtliche Eier werden auf 1 Mal ausgestossen und das Leben ist zu Ende, das Thier stirbt!

Das kurze Imago-Leben der Insekten lässt sich nun aus den vorhin entwickelten Principien ganz wohl verstehen. Die Insekten gehören zu den auch im reifen Zustand am meisten verfolgten Thieren, zu denjenigen, auf welche eine Menge andrer Thiere als Nahrung angewiesen sind; sie gehören aber zugleich auch zu den fruchtbarsten Thieren, zu denjenigen, welche oft in kurzer Zeit eine erstaunliche Menge von Eiern zu produciren im Stande sind. Da konnte wohl keine bessere Einrichtung für die Erhaltung der Art getroffen werden, als **möglichste Kürzung des Lebens durch möglichste Beschleunigung der Fortpflanzung.**

Diese allgemeine Tendenz musste nun freilich je nach den Umständen in sehr verschiednem Grade zur Ausführung gelangen. Das erreichbare Minimum von Fortpflanzungszeit, also zugleich von Lebensdauer hängt von einer Menge zusammenwirkender Verhältnisse ab, die ich unmöglich alle aufzählen könnte. Schon die **Art der Eiablage** hat darauf einen Einfluss. Lebten die Larven der Eintagsfliegen an irgend einem seltneren und zerstreut wachsenden Kraut, anstatt in dem Schlamm der Gewässer, so würden ihre Imagines nothwendig länger leben müssen, denn sie müssten dann, wie die **Schwärmer,** oder viele **Tagschmetterlinge** ihre Eier einzeln, oder in kleinen Gruppen über ein weites Gebiet zerstreut ablegen; dazu gehört aber Zeit und Kraft! Sie könnten dann auch keine verkümmerten Mundtheile haben, sondern müssten sich ernähren, um Kraft für die weiten Flüge zu bekommen. Möchten sie nun als **Räuber** leben, wie die **Libellen,** oder als **Honigsauger,** wie die **Schmetterlinge,** immer würde ihre eigne Ernährung wiederum Kraft und Zeit in Anspruch nehmen und eine abermalige Verlängerung ihres Lebens erfordern. So finden wir denn auch, dass Libellen und die pfeilschnell dahinschiessenden Schwärmer häufig sechs bis acht Wochen, ja vielleicht länger noch leben.

Es kommt dabei aber noch der andre Umstand in Betracht, dass keineswegs alle Insekten schon reife Eier enthalten, wenn sie aus der Puppe schlüpfen; bei vielen Käfern und Schmetterlingen reifen sie erst während des Imago-Lebens, meist auch nicht alle auf ein Mal, sondern in Parthien. Dies hängt wiederum einerseits von der Grösse des Nahrungsvorraths ab, der während des Larvenlebens in dem Insekt aufgespeichert werden konnte, andrerseits aber auch noch von ganz andern Verhältnissen, z. B. vom Flugvermögen. Insekten, welche einen raschen und ausdauernden Flug besitzen müssen, wie Schwärmer und Libellen, können nicht mit einer grossen Menge gleichzeitig gereifter Eier belastet werden; hier muss also eine langsame Reifung der Eier eintreten und damit zugleich eine Verlängerung der Lebensdauer. Bei Schmetterlingen kann man fast Schritt für Schritt verfolgen, wie sich das Flugvermögen mindert, sobald es die sonstigen Lebensbedingungen zulassen und nun die Eier rascher reifen und die Lebensdauer sich verkürzt, ja schliesslich bis auf ein Minimum verkürzt. Nur zwei Stadien aus diesem Entwicklungsprocess mögen erwähnt werden.

Als die höchste Ausbildung des Schmetterlingstypus sind wohl ohne Zweifel die besten Flieger, wie die meisten Schwärmer und viele Tagschmetterlinge zu betrachten; sie besitzen nicht nur die Flugwerkzeuge in höchster Vollkommenheit, sondern auch die Organe der Ernährung, vor Allem den charakteristischen Schmetterlingsrüssel.

Es gibt nun Spinner, deren Männchen fast ebensogut fliegen wie die Schwärmer, während die Weibchen ihre grossen Flügel nicht mehr zu eigentlichem Flug benutzen können, weil ihr Körper durch eine Unmasse gleichzeitig gereifter Eier viel zu sehr belastet ist. Solche Arten, wie z. B. die sog. Dachdecker, Aglia Tau können ihre Eier nicht weit umher zerstreuen, sondern sie legen sie alle an ein und denselben Fleck. Dass sie dies ohne Schaden für ihre Brut thun können, hat darin seinen Grund, dass ihre Raupen auf Waldbäumen leben, auf deren jedem auch noch viel mehr Raupen Futter fänden, als ein Weibchen hervorbringt. Sobald die Begattung erfolgt ist, werden die Eier abgelegt und kurze Zeit darauf stirbt das Thier am Fusse desselben Baums, unter dessen moosbewachsenen Wurzeln es den Winter über seinen Puppenschlaf gehalten hat; es lebt wohl selten mehr als 3—4 Tage. Die Männchen aber, welche im Walde umherschwärmend die viel seltneren Weibchen aufsuchen müssen, leben sicherlich*) viel länger, gewiss 8—14 Tage.

Die Weibchen der Sackträger oder Psychiden, ebenfalls Spinner, legen auch ihre Eier auf einer Stelle ab; da die Gräser und Flechten, von denen die Raupen leben, dicht am Boden wachsen, so erhebt sich auch das eierlegende Weibchen nicht über denselben, ja es bewegt

---

*) Anm. Diese Annahme beruht auf der Beobachtung ihrer Flugzeit; direkte Beobachtungen über die Lebensdauer dieser Art sind mir nicht bekannt.

sich überhaupt nicht von der Stelle, sondern bleibt träge in seiner Puppenhülle, legt in diese die Eier ab und stirbt, sobald dies geschehen ist. In Zusammenhang damit sind denn auch die Flügel bei den Weibchen völlig verkümmert und ebenso die Mundtheile, während die Männchen ganz wohl entwickelte Flügel besitzen.

Tritt nun auch die Abhängigkeit der Lebensdauer von den äussern Lebensbedingungen in diesen Fällen schon scharf genug hervor, so gibt es doch noch schlagendere Beweise dafür in den schon öfters kurz erwähnten staatenbildenden Insekten.

Bei Bienen, Wespen, Ameisen, Termiten ist die Dauer des Lebens verschieden nach dem Geschlecht, die Weibchen leben lang, die Männchen kurz und es kann keinem Zweifel unterliegen, dass der Grund davon lediglich in einer Anpassung an die äussern Lebensbedingungen zu suchen ist.

So wird die Bienenkönigin, bekanntlich das Weibchen des Stockes, 2—3 Jahre, öfters aber auch 5 Jahre alt, während die männlichen Bienen, die Drohnen, höchstens 4—5 Monate leben. Bei den Ameisen ist es Sir John Lubbock gelungen, Weibchen und Arbeiterinnen sieben Jahre lang am Leben zu erhalten, ein für die Insekten ganz unerhörter Fall, während die Männchen nie länger lebten, als einige Wochen (3).

Das Letztere lässt sich daraus verstehen, dass die Männchen weder Futter eintragen, noch am Bau des Stockes mithelfen. Ihr Nutzen für den Staat hört mit dem einmaligen Hochzeitsflug auf und es lässt sich so vom Nützlichkeitsstandpunkt aus leicht verstehen, dass ihre Lebensdauer nicht verlängert wurde (7).

Ganz anders bei den Weibchen! An und für sich ist eine möglichst lange Fortpflanzungszeit und damit eine sehr grosse Fruchtbarkeit vortheilhaft für die Erhaltung einer Art; es musste nur bei den meisten Insekten davon Abstand genommen werden, weil die Fähigkeit, lang zu leben nutzlos wird, wenn thatsächlich doch alle Individuen viel früher ihren Feinden zum Opfer fallen. Hier ist das anders. Wenn die Bienenkönigin vom Hochzeitsflug zurückgekehrt ist, bleibt sie im Innern des Stockes bis zu ihrem Tod, ohne ihn jemals zu verlassen. Dort aber ist sie vor Feinden und andern Gefahren beinahe völlig gesichert; Tausende von stacheltragenden Arbeiterinnen beschützen sie, nähren und wärmen sie, kurz es ist die grösste Wahrscheinlichkeit, dass sie ihr normales Lebensende erreichen wird. — Ganz ähnlich verhält es sich mit den weiblichen Ameisen; in beiden Fällen lag kein Grund vor, auf den Vortheil zu verzichten, den eine lange Fortpflanzungszeit der Art gewährt (6).

Dass nun auch hier thatsächlich eine Verlängerung des Lebens eingetreten ist, geht schon daraus hervor, dass die muthmasslichen Vorfahren der Bienen und Ameisen, die Pflanzenwespen, in beiden Geschlechtern nur kurz leben. Dem gegenüber bilden die Eintagsfliegen einen ebenso unzweifelhaften Fall von Verkürzung des Lebens. Nur bei einigen wenigen Arten von ihnen ist das Leben so kurz, wie ich es vorhin geschildert habe, bei den meisten Arten dauert es länger, einen bis mehrere Tage. Dass nun die extremen Fälle mit nur wenigen Stunden Lebensdauer nur die äussersten Spitzen einer auf Verkürzung des Lebens gerichteten Entwicklungsreihe sind, beweist der Umstand, dass eine dieser Arten (Palingenia) heute nicht einmal mehr ihre letzte Puppenhaut abstreift, sondern als sog. Subimago die Fortpflanzung ausführt.

So ist es denn wohl nicht zu bezweifeln, dass die Lebensdauer eine variable Grösse ist, die nicht allein von den physiologischen Verhältnissen bedingt, sondern die wesentlich mit durch die äussern Lebensbedingungen normirt wird. Mit körperlichen Umgestaltungen einer Art, mit Ausbildung neuer Gewohnheiten kann und wird sich in den meisten Fällen auch die Lebensdauer ändern.

Fragen wir nach dem mechanischen Vorgang, durch welchen Verlängerung und Verkürzung zu Stande kommen, so werden wir zunächst auf den Selectionsprocess verwiesen. Wie jede körperliche Eigenschaft individuellen Schwankungen unterworfen ist, so auch die Lebensdauer; wir wissen ja vom Menschen her auch, dass Langlebigkeit erblich ist; sobald nun die längerlebenden Individuen einer Art im Vortheil sind im Kampf ums Dasein, werden sie allmälig zur herrschenden Race werden und umgekehrt.

Soweit ist die Sache ganz einfach, allein das ist doch nur der äussere Mechanismus und es fragt sich, welche inneren Vorgänge denselben begleiten und möglich machen.

Dies führt nun gradewegs auf eines der schwierigsten Probleme der ganzen Physiologie, auf die Frage nach dem Grunde des Todes. Denn erst, wenn wir wissen, aus welchem Grunde der normale Tod überhaupt eintreten muss, können wir weiter danach forschen, aus welchem Grunde er früher oder später eintritt, welche Veränderungen in den Eigenschaften der Theile nöthig sind, damit das Leben verkürzt oder verlängert werde.

Die Veränderungen des Organismus, welche zum normalen Tode führen, die sog. Involutionsveränderungen, sind am genauesten beim Menschen studirt. Wir wissen, dass mit fortschreitendem Alter sich bestimmte Veränderungen der Gewebe einstellen, welche ihre Funktionirung beeinträchtigen, dass diese sich mehr und mehr steigern und schliesslich entweder direkt zum sog. normalen Tod führen oder indirekt den Tod herbeiziehen, indem sie den Organismus unfähig machen, geringen äussern Schädlichkeiten Widerstand zu leisten. Diese Altersveränderungen sind von Burdach und Bichat an bis zu Kussmaul so vortrefflich geschildert worden und sind so bekannt, dass ich hier nicht näher auf sie einzugehen brauche.

Fragt man sich nun, worauf diese Veränderung der Gewebe beruhen könne, so sehe ich keine andre Antwort als die, dass die Zellen, welche die lebendige Grundlage der Gewebe bilden, sich durch den Gebrauch, also durch die Funktionirung abnutzen. Dies ist nun aber in doppelter Weise denkbar, je nachdem man annimmt, dass die Zellen der Gewebe während des Lebens dieselben bleiben, oder aber, dass sie wechseln und dass zahlreiche Generationen von ihnen sich während des Lebens ablösen.

Nach dem heutigen Stand unsers Wissens scheint es mir kaum noch fraglich, dass die erste Annahme nicht mehr haltbar ist. Millionen von Blutzellen gehen im Blute fortwährend zu Grunde und werden durch neue ersetzt, auf allen innern und äussern Flächen des Körpers werden unausgesetzt zahllose Epithelzellen abgestreift und neue wieder gebildet, die Thätigkeit vieler und wahrscheinlich aller Drüsen geht mit Zellwechsel einher, zum Theil besteht sogar ihr Sekret aus abgestossenen und aufgelösten Zellen, für Knochen und Bindegewebe, sowie für den Muskel ist ebenfalls konstatirt, dass die zelligen Elemente desselben wechseln können und so bliebe nur das Nervengewebe als zweifelhaft übrig. Doch auch hier liegen schon Thatsachen vor, die auf einen normalen, wenn auch vielleicht langsamen Wechsel der histologischen Elemente deuten. Ich glaube, man kann den Satz heute schon vertreten — und er hat ja auch schon Vertreter gefunden — dass die Lebensprocesse der höhern, d. h. vielzelligen Thiere mit einem Wechsel der morphologischen Elemente der meisten Gewebe verbunden sind.

Dieser Satz aber legt es nahe, die Ursache des Todes nicht in der Abnutzung der einzelnen Zellen, sondern in einer Begrenzung der Vermehrungsfähigkeit der Zellen zu suchen, sich vorzustellen, dass der Tod deshalb eintritt, weil die verbrauchten Gewebe sich nicht ins Unendliche fort von

Neuem wiederherstellen können, weil die Fähigkeit der Körperzellen, sich durch Theilung zu vermehren, keine unendliche ist, sondern eine begrenzte (8).

Damit soll natürlich keineswegs gesagt sein, dass die unmittelbare Todesursache je in diesem mangelnden Zellersatz läge, es wird vielmehr der Tod immer viel früher eintreten, als die Zellen in ihrer Fortpflanzungsfähigkeit ganz erschöpft sind, wie denn leise, funktionelle Störungen schon dann eintreten müssen, wenn der Ersatz der verbrauchten Zellen langsamer und ungenügend zu werden beginnt.

Es ist überhaupt nicht zu vergessen, dass dem Tode durchaus nicht immer eine Involutions-, eine Alters-Periode vorhergeht. Bei vielen niedern Thieren lässt sich dies schon aus der Schnelligkeit schliessen, mit welcher der Tod unmittelbar nach der höchsten Leistung des Organismus, der Fortpflanzung, eintritt. Viele Schmetterlinge, die Eintagsfliegen und andre Insekten sterben unmittelbar nach der Einblage; sie sterben an Erschöpfung. Wie beim Menschen in seltnen Fällen der Tod durch heftigen Affekt eintritt — Sulla soll an heftigem Zorn, Leo X. an heftiger Freude gestorben sein —, wie hier die psychische Erschütterung eine übermässige, nicht wieder auszugleichende Erregung des Nervensystems hervorruft, so muss wohl bei jenen Thieren die heftige Anstrengung eine solche übermässige Erregung setzen. Jedenfalls steht fest, dass, wenn aus irgend einem Grunde diese Anstrengung nicht eintritt, das Thier auch noch eine kurze Zeit lang weiter lebt, und man kann deshalb nur uneigentlich hier von **normalem** Tode reden, wenn man darunter das **ohne Katastrophe eintretende** Ende versteht; die Katastrophe ist freilich in diesen Fällen zur Regel geworden (9).

Stellen wir uns nun einmal auf den Boden der eben vorgetragenen Hypothese, so würde sich zunächst ergeben, dass **die Zahl der Zellgenerationen, welche aus der Eizelle hervorgehen können, für jede Art eine normirte** — wenn auch vielleicht innerhalb sehr weiter Grenzen normirte — **ist und dass in ihr das Maximum von Lebensdauer gegeben ist, welches die Individuen der betreffenden Art erreichen können.** Die **Verkürzung** der Lebensdauer einer Art müsste dann davon abhängen, dass die Zahl der Zellgenerationen, welche sich folgen können, herabgesetzt würde und umgekehrt müsste die **Verlängerung** auf einer Vermehrung der möglichen Zellgenerationen beruhen.

Bei den **Pflanzen** muss es wirklich so sein, denn wenn eine einjährige Pflanze zur perennirenden wird, — und dies kann geschehen — so wird dies wohl nur unter Bildung neuer Triebe d. h. zahlreicher neuer Zellgenerationen vor sich gehen können. Beim **Thier** ist der Vorgang unscheinbarer, weil dabei keine sichtbar neuen Theile entstehen, sondern nur an die Stelle abgenutzter Bausteine neue eingeschoben werden. Bei der **Pflanze** werden die alten Bausteine beibehalten und nur mit neuen überbaut; die alten Zellen verholzen und neue übernehmen die Funktionen des Lebens.

Die Frage nach der Nothwendigkeit des Todes im Allgemeinen lässt sich allerdings auch von diesem Standpunkt aus zunächst noch nicht tiefer und sicherer erfassen, als vom rein physiologischen, und zwar einfach deshalb, weil wir überhaupt nicht wissen, worauf es beruht, dass eine Zelle sich 10, 1000 oder 100,000 Mal hintereinander theilen muss und dann mit der Fortpflanzung aufhört. Man kann nur sagen, wir sehen keinen Grund, warum diese Fähigkeit der Vermehrung nicht auch unendlich sein und dadurch dem Organismus eine ewige Dauer ermöglichen könne, so wie man vom rein physiologischen Standpunkt aus sagen wird, wir sehen keinen Grund, warum der Organismus nicht auch ewig fort funktioniren könnte.

Nur vom Nützlichkeitsstandpunkt können wir allerdings die Nothwendigkeit des Todes verstehen, denn dieselben Argumente, welche vorhin für die Nothwendigkeit einer möglichsten Lebenskürzung sprachen, lassen sich mit einer geringen Veränderung auch für die allgemeine Nothwendigkeit des Todes anführen.

Nehmen wir an, irgend eine der höheren Thierarten besitze die Fähigkeit, ewig fortzuleben, so würde dies doch von keinerlei Nutzen für die Art sein. Denn gesetzt auch, ein solches unsterbliches Individuum entginge auf unbegrenzte Zeit allen sein Leben geradezu zerstörenden Zufälligkeiten, eine kaum zulässige Annahme, so würde es doch unausbleiblich heute an diesem, in 10 Jahren vielleicht an jenem Theil seines Körpers eine kleine Schädigung erleiden, die nicht wieder in integrum zu restituiren wäre und es würde somit, je länger es lebte, um so unvollkommner, krüppelhafter werden und um so weniger die Zwecke der Art erfüllen können. Die Individuen nutzen sich äusserlich ab durch die Berührung mit der Aussenwelt und schon allein deshalb ist es unerlässlich, dass sie fortwährend wieder durch neue, vollkommnere Individuen ersetzt werden, auch wenn sie innerlich die Fähigkeit besässen, ewig fortzuleben.

Es erhellt daraus einerseits die Nothwendigkeit der Fortpflanzung, andrerseits aber auch die Zweckmässigkeit des Todes, denn abgenutzte Individuen sind werthlos für die Art, ja sogar schädlich, indem sie Besseren den Platz wegnehmen. Nach dem Selectionsprincip muss sich deshalb das Leben der Individuen — angenommen ihre ursprüngliche Unsterblichkeit — um soviel verkürzt haben, als davon für die Art nutzlos war, es muss sich auf diejenige Länge reducirt haben, welche die günstigste Aussicht für die möglichst grosse, gleichzeitige Existenz lebenskräftiger Individuen bot.

Damit nun, dass der Tod als eine zweckmässige Einrichtung nachgewiesen wird, ist aber noch lange nicht bewiesen, dass er auch nur auf Zweckmässigkeitsgründen beruht; er könnte ja auch auf rein innern, in der Natur des Lebens selbst liegenden Ursachen beruhen, so etwa wie das Schwimmen des Eises auf dem Wasser uns als eine zweckmässige Einrichtung erscheint, obwohl sie lediglich auf der molekularen Constitution des Eises beruht und nicht darauf, dass sie zweckmässig ist. Das ist ja offenbar auch die Vorstellung von der Nothwendigkeit des Todes, die man bisher allgemein gehegt hat.

Ich glaube nun allerdings nicht an die Richtigkeit dieser Vorstellung; ich halte den Tod in letzter Instanz für eine Anpassungserscheinung. Ich glaube nicht, dass das Leben deshalb auf ein bestimmtes Maass der Dauer gesetzt ist, weil es seiner Natur nach nicht unbegrenzt sein könnte, sondern weil eine unbegrenzte Dauer des Individuums ein ganz unzweckmässiger Luxus wäre. Auf der vorhin dargelegten Cellular-Hypothese des Todes fussend würde ich sagen: Nicht deshalb, weil die Zelle an und für sich, d. h. ihrer innern Natur nach eine unbegrenzte Fähigkeit sich fortzupflanzen nicht besitzen kann, hört der Organismus schliesslich auf, den Abgang an Zellmaterial zu ersetzen, sondern deshalb, weil ihm diese Fähigkeit verloren ging, als sie nicht mehr nöthig war.

Ich glaube, dass sich diese Ansicht, wenn auch nicht gradezu beweisen, doch sehr wahrscheinlich machen lässt.

Man werfe mir nicht ein, dass man vom Menschen, oder von irgend einem höhern Thier ganz ebensogut sagen könne, sein Tod resultire mit Nothwendigkeit aus seiner physischen Natur, als man vom Eis sagen kann, seine specifische Leichtigkeit resultire aus seiner physischen Natur. Dies gebe ich natürlich vollkommen zu. Zwar hoffte noch John Hunter, gestützt auf die Erfahrungen der Anabiose, es werde gelingen durch abwechselndes Erfrieren und Wiederaufthauen das Leben des Menschen ins Unendliche zu verlängern, und der Veroneser Oberst Aless. Guaguino band seinen Zeitgenossen das Märchen auf, in Russland gebe es ein Volk, welches regelmässig alle Jahr am 27. Nov. stürbe, um am 24. April wieder aufzuwachen — aber im Ernst kann nicht im Geringsten bezweifelt werden, dass die höhern Organismen, so wie sie nun einmal sind, den Keim des Todes in sich tragen, es fragt sich nur, warum und aus welchen Motiven sie so geworden sind und da glaube ich, muss der Tod nur als eine Zweckmässigkeits-Einrichtung, als eine Concession an die äussern Lebensbedingungen, nicht als eine absolute, im Wesen des Lebens begründete Nothwendigkeit aufgefasst werden.

Der Tod, d. h. die Begrenztheit der Lebensdauer ist nämlich gar nicht — wie immer angenommen wird — ein allen Organismen zukommendes Attribut. Es gibt eine grosse Zahl von niedern Organismen, die nicht sterben müssen. Wohl sind auch sie zerstörbar; Siedhitze, Kalilauge, Gifte tödten sie, aber so lange die für ihr Leben nöthigen Bedingungen vorhanden sind, so lange leben sie; sie tragen also die Bedingungen ewiger Dauer in sich. Ich spreche hier nicht nur von den Amöben und niedern, einzelligen Algen, sondern auch von viel höher organisirten einzelligen Thieren, wie den Infusorien.

Es ist neuerdings öfters von dem Theilungsprocess der Amöben die Rede gewesen und ich weiss wohl, dass er meistens so aufgefasst worden ist, als sei das Leben des Individuums beschlossen mit seiner Theilung, als entstünden aus ihm nun 2 neue Individuen, als falle hier Tod und Fortpflanzung zusammen. In Wahrheit kann man aber doch hier nicht von Tod reden! wo ist denn die Leiche? was stirbt denn ab? Nichts stirbt ab, sondern der Körper des Thiers zertheilt sich in zwei nahezu gleiche Stücke, von nahezu gleicher Beschaffenheit, von denen also jedes dem Mutterthier vollkommen ähnlich ist, von denen jedes, wie dieses, weiter lebt und sich später, wie dieses, wieder in zwei Hälften theilt. Hier kann doch höchstens in **figürlichem Sinn** von Tod die Rede sein.

Wir haben auch keinen Grund zu der Annahme, dass die beiden Theilstücke **innerlich verschieden beanlagt seien**, so etwa, dass das eine nach einiger Zeit absterben müsste, und nur das andre weiter lebte. Es ist kürzlich eine Thatsache beobachtet worden, die jeden solchen Gedanken ausschliesst. Bei Euglypha, einem beschalten Wurzelfüsser, und bei mehreren andern der gleichen Gruppe sieht man, während die Theilung schon fast beendet ist, die beiden Hälften aber noch durch eine Brücke zusammenhängen, dass die Zellsubstanz der beiden Thiere in Rotation geräth und nun wie ein Strom eine Zeit lang durch beide Theilhälften hindurchgeht. **Es findet also eine vollständige Mischung der Substanz beider Thiere statt, ehe sie sich definitiv von einander trennen** (10).

Man kann auch nicht einwenden, wenn das Mutterthier auch nicht eigentlich sterbe, so **verschwinde es doch als Individuum**. Ich kann auch dies nicht zugeben, wenigstens in keinem andern Sinn, als in welchem auch der Mann von heute nicht mehr dasselbe

Individuum ist, wie der Knabe von vor 20 Jahren. Auch beim Heranwachsen des Menschen bleibt weder die Form, noch die Mischung genau dieselbe; die Materie wechselt ohnehin fortwährend. Stellen wir uns eine Amöbe mit Selbstbewusstsein begabt vor, so würde sie bei ihrer Theilung denken: „ich schnüre eine Tochter von mir ab"; und ich zweifle nicht, dass jede Hälfte die andre für die Tochter und sich selbst für das ursprüngliche Individuum ansehen würde. Dieses Criterium der Persönlichkeit fällt nun freilich bei den Amöben fort, aber es bleibt, was, wie mir scheint, das Entscheidende hier ist, nämlich die Continuität des Lebens in gleicher Form.

Wenn nun wirklich zahlreiche Organismen existiren, welche die Möglichkeit ewiger Dauer in sich tragen, so fragt es sich zunächst, ob denn diese Thatsache vom Standpunkte der Zweckmässigkeit zu verstehen ist. Wenn der Tod für die höheren Organismen eine nothwendige Anpassung darstellt, warum nicht auch für die niedern? werden sie nicht durch Feinde decimirt? erleiden sie keine Defecte? nützen sie sich nicht ab in der Berührung mit der Aussenwelt? Allerdings werden auch sie von andern Thieren verzehrt, dagegen kommt eine Abnutzung des Körpers nicht in dem Sinn vor wie bei den höhern Organismen: Sie sind zu einfach dazu! Erleidet ein Infusorium einen kleineren Substanzverlust, so stellt es sich oft vollständig wieder her, ist aber die Zerstörung allzu gross, so stirbt das Thier eben ab. Die Alternative wird deshalb hier immer die sein: Vollkommne Integrität oder vollkommner Untergang. Uebrigens können wir von der Beantwortung dieser Fragen ganz absehen, denn es leuchtet ein, dass sich ein normaler, d. h. aus innern Ursachen eintretender Tod bei diesen niedern Organismen überhaupt gar nicht einrichten liess. Bei allen Arten wenigstens, deren Theilung mit einer Vermischungs-Rotation des gesammten Zellkörpers verbunden ist, müssen die beiden Theilhälften ihrer Qualität nach gleich sein. Da nun eine von ihnen erfahrungsgemäss die Fähigkeit zu unbegrenztem Leben in sich trägt und tragen muss — soll die Art überhaupt erhalten bleiben —, so muss sie auch die andre Hälfte besitzen.

Aber gehen wir weiter! — Da die vielzelligen Thiere und Pflanzen aus den einzelligen hervorgegangen sein müssen, so fragt es sich nun, wie denn diesen die Anlage zu ewiger Dauer abhanden gekommen ist?

Dies hängt nun wohl mit der Arbeitstheilung zusammen, die zwischen den Zellen der vielzelligen Organismen eintrat und dieselben von Stufe zu Stufe zu immer complicirterer Gestaltung hinleitete.

Mögen auch vielleicht die ersten vielzelligen Organismen Klümpchen gleichartiger Zellen gewesen sein, so muss sich doch bald eine Ungleichartigkeit unter ihnen ausgebildet haben. Schon allein durch ihre Lage werden einige Zellen geeigneter gewesen sein, die Ernährung der Kolonie zu besorgen, andre die Fortpflanzung zu übernehmen. Es musste sich so ein Gegensatz zweier Zellgruppen bilden, die man als somatische und propagatorische, als Körperzellen und Fortpflanzungszellen bezeichnen könnte. Der Gegensatz war nicht von Anfang an ein absoluter, er ist es sogar bis heute noch nicht. Bei niedern Metazoen, wie bei den Polypen, ist den somatischen Zellen das Vermögen der Fortpflanzung in so hohem Grade zu eigen geblieben, dass eine kleine Anzahl von ihnen im Stande ist, sich zum ganzen Organismus zu completiren, ja dass auch ohne Verletzung durch sog. Knospung neue Individuen gebildet werden können. Es ist ja auch bekannt, dass bei vielen weit höheren Thieren noch ein hohes Regenerationsvermögen erhalten geblieben ist, dass der Salamander den abgeschnittenen Schwanz, oder Fuss neu bildet, die Schnecke die abgeschnittenen Fühler und Augen u. s. w.

Die beiden Zellgruppen des Metazoen-Körpers trennten sich aber immer schärfer von einander, je mehr die Komplikation des Baues sich steigerte. Sehr bald überwogen die somatischen Zellen sehr bedeutend an Masse über die propagatorischen und gliederten sich immer mehr und mehr nach dem Princip der Arbeitstheilung in immer schärfer gesonderte, specifische Gewebsgruppen. Je mehr dies geschah, um so mehr ging ihnen die Fähigkeit verloren, grössere Stücke des Organismus zu reproduciren, um so mehr also concentrirte sich das Vermögen der Fortpflanzung des Gesammt-Individuums in den propagatorischen Zellen.

Daraus folgt aber durchaus nicht, dass den somatischen Zellen die Fähigkeit unbegrenzter Zellfortpflanzung hätte verloren gehen müssen, sie hätte sich nur, nach den Gesetzen der Erblichkeit, **auf die Hervorbringung ihres Gleichen**, d. h. derselben, specifisch differenzirten Gewebszellen beschränkt halten müssen.

Wenn uns nun aber die Thatsache des normalen Todes zu lehren scheint, dass sie ihnen dennoch verloren gegangen ist, so kann der Grund dazu nur ausserhalb des Organismus gesucht werden, d. h. in den äussern Lebensbedingungen und wir haben ja gesehen, dass sich der Tod als Anpassungserscheinung sehr wohl begreifen lässt. Den Propagationszellen konnte die Fähigkeit unbegrenzter Vermehrung nicht verloren gehen, andernfalls würde ein Erlöschen der betreffenden Art eingetreten sein, dass sie aber den somatischen Zellen mehr und mehr entzogen wurde, dass sie schliesslich auf eine bestimmte, wenn auch sehr grosse Zahl von Zellgenerationen beschränkt wurde, erklärt sich aus der Unmöglichkeit, das Individuum vor Unfällen absolut zu schützen, und der daraus resultirenden Hinfälligkeit desselben. **Bei einzelligen Thieren war es nicht möglich, den normalen Tod einzurichten, weil Individuum und Fortpflanzungszelle noch ein und dasselbe waren, bei den vielzelligen Organismen trennten sich somatische und Propagationszellen, der Tod wurde möglich und wir sehen, dass er auch eingerichtet wurde.**

Ich habe versucht, den Tod auf eine beschränkte Vermehrungsfähigkeit der somatischen Zellen zurückzuführen und davon gesprochen, dass dieselbe auf eine bestimmte Anzahl von Generationen normirt zu denken sei für jedes Organ und für jedes Gewebe des Körpers.

Sie werden nicht von mir zu hören verlangen, auf welchen feinsten molekularen und chemischen Eigenschaften der Zelle die Dauer ihrer Fortpflanzungsfähigkeit beruhe; das hiesse nichts Anderes, als die Lösung der Erblichkeitsfrage von mir verlangen, an der wohl noch manche Generation von Naturforschern zu arbeiten haben wird. Kann man doch heute noch kaum wagen, auch nur den **Versuch** einer wirklichen Erklärung der Vererbung anzutreten. Aber Sie können von mir allerdings den Nachweis verlangen, dass überhaupt der **Modus und die Quantität der Fortpflanzung in der specifischen Natur der Zelle selbst begründet ist** und keineswegs etwa blos von ihrer Ernährung abhängt.

Virchow hat in seiner Cellularpathologie schon betont, dass die Zelle nicht nur ernährt **wird**, sondern dass sie sich aktiv **ernährt**. Nun! wenn es also von innern Zuständen der Zelle abhängt, ob sie dargebotene Nahrung aufnimmt, so muss es auch denkbar sein, dass innere Zustände vorkommen, durch welche sie verhindert wird, noch ferner Nahrung aufzunehmen und damit auch sich noch ferner durch Theilung zu vermehren.

Die moderne Embryologie gibt uns in der Eifurchung und in den auf sie folgenden Entwicklungserscheinungen zahlreiche Beispiele davon an die Hand, dass **in den Zellen selbst der Grund ihrer Fortpflanzungsweise liegt**. Warum theilt sich bei der Furchung gewisser Eier die **eine** Furchungshälfte noch einmal so rasch, als die andere, warum vermehren sich die Zellen des Ektoderm's oft so viel schneller, als die des Entoderm's, warum ist nicht nur das Tempo, sondern auch die Zahl der Zellen — soweit wir sie überhaupt verfolgen können — eine fest bestimmte? warum findet an jeder Parthie des Keims die Zellvermehrung in eigenthümlicher Stärke und Schnelligkeit statt, so dass grade solche Vorsprünge, Falten, Einstülpungen u. s. w. gebildet werden, wie sie zur Anlage der Organe, zur Differenzirung der Gewebe, schliesslich zum Aufbau des Embryo führen? Hier kann kein Zweifel sein, dass der Grund aller dieser Erscheinungen im Innern der Zellen selbst liegt, dass in der Eizelle selbst und in allen ihren Abkömmlingen die Tendenz zu ganz bestimmter, ich möchte sagen specifischer Art und Stärke der Vermehrung liegt. Und was hätten wir für einen Grund, diese anererbte Tendenz nur bis zur Herstellung des Embryo wirksam zu glauben? warum sollte sie in den Zellen des jungen Thiers und später des reifen nicht ebenso vorhanden sein? Geben uns doch die Erscheinungen der Vererbung, die bis in das späte Alter hinaufreichen, Zeugniss genug dafür, dass eine solche Tendenz zu specifischer Zellvermehrung auch dann noch immer maassgebend ist für die Gestaltung des Organismus.

Nur eine Consequenz aber von dieser Anschauung ist es, wenn man auch das Ende der in den Geweben residirenden Fortpflanzungstendenzen wesentlich auf innere Gründe bezieht, wenn man in dem normalen Tod des Organismus das von vornherein normirte, weil anererbte Ende des Zelltheilungsprocesses sieht, dessen Anfang die Furchung gewesen ist.

Gestatten Sie mir hier noch einen Vergleich zu ziehen! Der Organismus ist nicht nur der Zeit nach begrenzt, sondern auch dem Raum nach; er lebt nicht nur blos eine bestimmte Zeit lang, sondern er erreicht auch nur eine bestimmte Grösse. Viele Thiere sind lange vor ihrem natürlichen Ende ausgewachsen, und wenn man auch von manchen Fischen, Reptilien und niedern Thieren sagt, sie wüchsen, solange sie lebten, so ist darunter doch so wenig zu verstehen, dass sie ewig wachsen, als dass sie ewig leben könnten. Es ist überall eine Maximal-Grösse gesetzt, welche erfahrungsgemäss nicht überschritten wird; die Mücke erreicht niemals die Grösse des Elefanten, und der Elefant niemals die Grösse des Walfischs.

Worauf beruht dies? stellt sich etwa ein äusseres Hemmniss dem weitern Wachsthum entgegen? Gewiss nicht! Oder ein inneres?

Sie werden mir vielleicht darauf mit den gesetzmässigen Beziehungen zwischen Flächen- und Massenwachsthum antworten und es ist ja nicht zu läugnen, dass diese Verhältnisse in der That maassgebend sind für die Normirung der Körpergrösse. Ein Käfer kann nicht in der Grösse des Elefanten ausgeführt werden, weil er so nicht lebensfähig sein würde; allein ist dies der Grund, warum ein bestimmtes Individuum von Käfer die übliche Grösse seiner Art nicht überschreitet? Probirt gewissermaassen jedes Individuum erst, wieweit es wachsen darf, damit seine Verdauungsflächen noch hinreichend resorbiren können zur Ernährung seiner Masse? oder hört es auf zu wachsen, weil seine Zellen in Folge der erreichten Grösse nicht mehr stark genug ernährt werden können? Die gelegentlich unter den Menschen vorkommenden Riesen beweisen, dass der Bauplan des Menschen auch in grösserem Maassstab, als dem gewöhnlichen ausführbar ist. Hinge überhaupt die Körpergrösse in erheblichem Betrag von der Ernährung ab, so müsste man ja Riesen und Zwerge künstlich machen können. Wir wissen aber im Gegentheil, dass die Körpergrösse sich sehr deutlich in den Familien forterbt, somit hauptsächlich auf Vererbung beruht beim einzelnen Individuum, nicht auf Ernährung.

Alles deutet darauf hin, dass die Grösse des Individuums im Wesentlichen schon von vornherein bestimmt ist, dass sie schon in der Eizelle potentia enthalten ist, aus der das Individuum sich entwickelt.

Da wir nun ferner wissen, dass das Wachsthum des Thiers nur in geringem Grad auf dem Wachsthum der einzelnen Zelle, zumeist aber auf der Vermehrung der Zellen beruht, worauf anders könnte die Begrenzung des Wachsthums bezogen werden, als auf eine Normirung der Zellvermehrung nach Zahl und Tempo? Wie wollte man es anders erklären, dass das Thier aufhört zu wachsen, lange ehe es das physiologisch mögliche Maximum seiner Art erreicht hat und ohne dass zugleich seine Lebensenergie im Ganzen abnimmt?

In vielen Fällen wenigstens folgt die höchste physische Leistung, die Fortpflanzung, dem Grössenwachsthum erst nach, ein Umstand, der schon Johannes Müller bewogen hat, die Hypothese zur Erklärung des normalen Todes zurückzuweisen, welche besagt „dass die unorganischen Einwirkungen das Leben allmälig aufreiben". Wäre dies der Fall, so meint er, „dann müsste die organische Kraft vom Anfang eines Wesens an schon abzunehmen anfangen" — was sich doch nicht so verhält*).

Wenn nun aber weiter gefragt wird, wie kommt die Eizelle dazu, grade auf die Hervorbringung einer bestimmten — wenn auch in weiten Grenzen schwankenden — Zahl von Zellgenerationen normirt zu sein, so kann jetzt auf das Verhältniss der Fläche zur Masse, kurz auf die physiologischen Zweckmässigkeits-Verhältnisse verwiesen werden. Daraus dass eine bestimmte Grösse für die Ausführung eines bestimmten Bauplans am günstigsten war, ergab sich ein Selectionsprocess, der für jede Art zur Feststellung einer in weitern oder engeren Grenzen schwankenden Durchschnittsgrösse führte. Diese vererbt sich nun von Geschlecht auf Geschlecht, und die einmal festgestellte Norm liegt schon im Keim eines jeden Individuums.

Wenn sich dies nun so verhält — und ich glaube fast, dass nichts Wesentliches dagegen eingewandt werden kann —, so haben wir in der räumlichen Beschränkung des Individuums genau den analogen Vorgang vor uns, wie ich ihn der zeitlichen Begrenzung zu Grunde

---

*) Johannes Müller, Physiologie, Bd. I, p. 31. Berlin 1840.

legte, ja die letztere, die Lebensdauer, beruht sogar auf derselben Zellenwucherung, deren stürmischer Anfang zur Erreichung der Körpergrösse führte, die sich aber dann in mässigerem Tempo noch weiter fortsetzt. Auch im ausgewachsenen Thier geht die Zellfortpflanzung noch fort, aber sie übersteigt nicht mehr den Abgang an Zellen, sondern bildet zuerst eine Zeit lang noch den vollen Ersatz für dieselbe, um dann noch weiter herabzusinken. Der Abgang wird nun nicht mehr genügend ersetzt, die Gewebe funktioniren mangelhaft, der Tod bereitet sich vor und tritt endlich von einem der drei grossen sog. Atria mortis her ein.

Ich gebe natürlich vollständig zu, dass die thatsächliche Basis für diese Hypothese noch fehlt; es ist eine reine Annahme, dass die Altersveränderungen der Gewebe auf einem mangelnden Zellersatz beruhen, aber man wird zugeben, dass diese Annahme an Wahrscheinlichkeit gewinnt durch die Möglichkeit, die räumliche und zeitliche Begrenzung des Organismus aus **einem** Princip abzuleiten. Jedenfalls wird man nicht sagen können, die der Eizelle zugeschriebene Fähigkeit einer nach Zahl und Rhythmus normirten Zellfortpflanzung sei eine willkürliche Annahme. **Die gleiche Durchschnittsgrösse einer Art beweist ihre Richtigkeit.**

Ich habe bisher fast nur von **Thieren** gesprochen, kaum noch von **Pflanzen.** Ich würde es auch wohl dabei haben bewenden lassen müssen, wenn nicht zufällig grade jetzt eine Abhandlung von **Hildebrand** erschienen wäre, welche — wohl zum ersten Male — die

Lebensdauer der Pflanzen einer genauen Untersuchung unterzieht.

Das Hauptresultat, zu welchem der Verfasser gelangt ist, stimmt sehr gut zu den Ansichten, welche ich mir erlaubte, Ihnen heute darzulegen. Hildebrand zeigt nämlich, dass auch bei den Pflanzen die Lebensdauer keine unveränderliche Grösse ist, dass sie auch hier durch die Lebensbedingungen erheblich verändert werden kann. Er zeigt, dass im Laufe der Zeiten und unter veränderten Lebensbedingungen eine einjährige Pflanze zur perennirenden oder vieljährigen werden kann und umgekehrt eine mehrjährige zur einjährigen. Die äussern Momente, welche die Dauer beeinflussen, sind aber hier wesentlich andre, wie sich nicht anders erwarten lässt, wenn man die ganz verschiednen Existenzbedingungen von Pflanzen und Thieren erwägt. Während bei der Lebensdauer des Thiers die Zerstörung des reifen Individuums eine wesentliche Rolle spielt, sind die Pflanzen, wenn sie überhaupt einmal emporgewachsen sind, in ihrer Existenz ziemlich gesichert, ihre Hauptzerstörungsperiode fällt in ihre erste Jugend und hat somit wohl auf den Grad ihrer Fruchtbarkeit, nicht aber auf die Lebensdauer direkten Einfluss. Hier wirken mehr die klimatischen Verhältnisse, hauptsächlich der periodische Wechsel von Sommer und Winter, oder von Dürre und fruchtbarer Regenzeit entscheidend.

Leider gestattet die Zeit nicht, die interessanten Resultate Hildebrand's specieller darzulegen und diesen Vergleich näher durchzuführen.

Gemeinsam ist jedenfalls Pflanzen wie Thieren die

Abhängigkeit der Lebensdauer von den äussern Existenzbedingungen, gemeinsam ist ihnen, dass nur die höheren, die vielzelligen Formen mit ausgebildeter Arbeitstheilung den Keim des Todes in sich tragen, während die niedern, einzelligen Organismen noch potentia unsterblich und ewig sind; gemeinsam ist aber auch allen höheren Organismen der **unsterbliche Kern der Propagationszellen**, der freilich nur einen schwachen Trost dafür gewährt, dass das, was sich als Individuum fühlt, untergeht. Mit Recht spricht daher Johannes Müller in dem am Anfang meines Vortrags citirten Ausspruch nur von einem „**Schein von Unsterblichkeit**", mit welchem ein Individuum sich in das folgende fortsetzt. Was übrig bleibt, was Dauer hat, ist hier nicht das Individuum selbst, nicht der Zellkomplex, der sich als Ich fühlt und vorstellt, sondern eine seinem Bewusstsein fremde Individualität niederer Ordnung, eine einzelne, von ihm losgelöste Zelle.

Ich könnte hier schliessen, wenn ich mich nicht gern noch mit wenigen Worten vor einem Missverständniss schützen möchte.

Ich habe wiederholt von einer **ewigen Dauer** gesprochen, einerseits der einzelligen Organismen, andrerseits der Propagationszellen. Ich habe damit zunächst nur eine unserm menschlichen Auge **unendlich erscheinende Dauer** bezeichnen wollen. Es sollte damit der Frage nach dem **tellurischen oder kosmischen** Ursprung des irdischen Lebens nicht vorgegriffen werden. Von der Entscheidung dieser Frage aber würde es offenbar abhängen, ob wir die Fortpflanzungsfähigkeit jener Zellen als **wirklich ewig**, oder nur als **ungeheuer lang** anzusehen haben, denn nur, was anfangslos ist, kann und muss auch endlos sein.

Die Annahme eines kosmischen Ursprungs hat nur dann Sinn, wenn man damit die Urzeugung überhaupt beseitigen zu können glaubt; eine blosse Verschiebung derselben auf irgend einen fernen Weltkörper würde unsre Einsicht nicht fördern. Man muss sich dann schon zu dem Satz: omne vivum e vivo entschliessen, zu der Vorstellung, dass Leben nur vom Leben kommt und von jeher gekommen ist, dass die organischen Körper ewig sind, wie die Materie überhaupt.

Die **Erfahrung** ist bis jetzt ausser Stande, hier zu entscheiden; weder wissen wir, ob Urzeugung den Anfang des Lebens auf der Erde bildete, noch haben wir irgend einen direkten Anhalt dafür, ob der Entwicklungsprocess der Lebewelt auf der Erde sein Ende in sich selbst trägt, oder ob ihm nur durch äussere Gewalt dereinst ein Halt geboten werden wird.

Ich bekenne, dass für mich die **Urzeugung** trotz aller Misserfolge, sie zu erweisen, immer noch ein logisches Postulat ist. Das **Organische**, als eine ewige Substanz, dem **Unorganischen** als einer gleichfalls ewigen Substanz an die Seite gestellt ist mir eine undenkbare Vorstellung und zwar deshalb, weil das Organische fortwährend ohne Rest in das Unorganische aufgeht. Wenn nur das Ewige, Unzerstörbare auch anfangslos ist, dann muss das Nichtewige, **Zerstörbare** einen Anfang gehabt haben. Nun ist aber das Organische gewiss nicht ewig und unzerstörbar in dem absoluten

Sinn, in welchem wir behaupten, dass die Materie ewig und unzerstörbar sei. Vielmehr können wir nach Willkür jedes organische Wesen tödten und zu unorganischer Masse auflösen. Es ist das keineswegs dasselbe, als wenn wir einem Stück Kreide ein Ende dadurch bereiten, dass wir es mit Schwefelsäure übergiessen; hier ändert sich nur die Form, die unorganische Materie bleibt; wenn wir einen Wurm mit Schwefelsäure übergiessen, oder einen Eichbaum verbrennen, so verwandeln sie sich nicht in ein andres Thier oder eine andre Pflanze, sondern sie verschwinden gänzlich als organische Wesen und lösen sich auf in unorganische Bestandtheile. Was aber gänzlich in unorganische Materie aufgehen kann, das muss auch aus ihr herstammen, muss seine endliche Wurzel in ihr haben. Das Organische könnte — so scheint mir — nur dann als ein Ewiges gelten, wenn es zwar wohl in seiner aktuellen Gestalt, nicht aber in seinem Wesen als Organisches zerstört werden könnte. Daraus würde folgen, dass das Organische einmal entstanden sein muss und weiter, dass es auch dereinst ein Ende haben wird. Danach müssten wir den einzelligen Organismen und den Propagations-Zellen der Metazoen und Metaphyten ewige Dauer der Fortpflanzungsfähigkeit im eigentlichen Sinn des Wortes absprechen, wenn wir ihnen auch — nach unserm Maassstab gemessen — eine ungeheuer lange Dauer zugestehen dürfen.

Doch wer will sagen, er habe in diesen schwierigen, letzten Fragen das Richtige getroffen? und wenn es selbst so wäre, wer könnte glauben, damit das Räthsel des Lebens gelöst zu haben? Stände es fest, dass einst

Urzeugung stattgefunden haben muss, so stellte sich sofort die neue Frage ein, wie war sie möglich? wie ist es zu denken, dass die uns todt scheinende unorganische Materie zu den wunderbaren Combinationen des lebenden Protoplasmas zusammentrat, zu jenem geheimnissvollen Stoff, der Fremdes aufnehmen und in seine eigne Substanz umwandeln, der wachsen und sich vermehren kann?

So stossen wir denn — wie auf allen Gebieten menschlicher Forschung — so auch bei der Frage nach Leben und Tod zuletzt auf Probleme, die uns für jetzt wenigstens noch unlösbar gegenüberstehen. Doch nicht der Besitz der vollen Wahrheit, sondern das Forschen nach ihr ist unser Theil, befriedigt, erfüllt unser Leben, ja beseligt.

ANHANG.
ZUSÄTZE UND NACHWEISE.

1. Lebensdauer der Vögel.

Hierüber ist weniger Sicheres bekannt, als man glauben sollte, wenn man die Menge von Ornithologen, ornithologischen Vereinen und Zeitschriften in Betracht zieht. Allerdings war es für mich unmöglich und auch für meinen Zweck unnöthig, alle Notizen, die darüber hier und da zerstreut vorhanden sein mögen, aufzusuchen und es gibt deren gewiss noch viele, die mir unbekannt geblieben sind; aber eine Zusammenstellung der bekannten und sicheren Beobachtungen scheint noch zu fehlen und so darf es vielleicht als ein kleiner Anfang dazu betrachtet werden, wenn ich die wenigen Daten, welche mir zugänglich waren, hier folgen lasse:

Die kleineren Singvögel leben 8—18 Jahre und zwar die Nachtigall in Gefangenschaft höchstens 8 Jahre (nach Andern auch länger), die Amsel in Gefangenschaft 12 Jahre, im Freien Beide länger. Eine „Bastardnachtigall nistete 9 Jahre nacheinander in demselben Garten" (Naumann, Vögel Deutschlands p. 76).

Kanarienvögel halten in Gefangenschaft 12—15 Jahre aus (Naumann p. 76).

Raben sollen in Gefangenschaft gegen 100 Jahre ausgedauert haben (Naumann Bd. I, p. 125).

Elstern halten 20 Jahre in Gefangenschaft aus, leben im Freien „ohne Zweifel" viel länger (l. c. p. 346).

Papageyen „wurden in Gefangenschaft 100 Jahre alt und darüber" (l. c. p. 125).

Der Kukuk; das im Text angeführte Beispiel, in welchem ein Exemplar 32 Jahre lang beobachtet wurde, findet sich bei Naumann p. 76.

Das Haushuhn lebt 10—20 Jahre, der Goldfasan 15 Jahre, der Truthahn 16 Jahre (Oken, Naturgeschichte, Vögel p. 387).

Die Taube lebt 10 Jahre (ebendaselbst).

Der Steinadler; „im Jahr 1719 starb in Wien ein solcher, der 104 Jahre vorher gefangen worden war" (Brehm, Leben der Vögel p. 72).

Ein Falke (die Art ist nicht angegeben) soll 162 Jahre alt geworden sein (Knauer, siehe: „Der Naturhistoriker" Wien, Jahrgang 1880).

Ein weissköpfiger Geyer, der 1706 gefangen worden war, starb in der Menagerie zu Wien (Schönbrunn) im Jahr 1824, lebte also 118 Jahre in Gefangenschaft (ebendaselbst).

Das Beispiel vom Lämmergeyer, welches im Text angeführt ist, steht bei „Schinz" Vögel der Schweiz p. 196.

Die Saatgans; nach Naumann (l. c. p. 127) „muss sie 100 Jahre alt werden und darüber" (wirkliche Beweise dafür fehlen aber noch); in Gefangenschaft wurde eine, die angeschossen war, 17 Jahre lang gehalten.

Schwäne „sollen 300 Jahre gelebt haben"(?) (Naumann l. c. p. 127).

Es leuchtet ein, dass Beobachtungen über die Lebensdauer der Vögel im Freien nur selten gemacht werden können, ja meistens Glücksfälle sind, die nicht provocirt werden können; um so mehr wäre es zu wünschen, dass alle derartigen Fälle gesammelt würden.

Nachdem indessen einmal die Bedeutung des langen Lebens für die Vögel klar gelegt ist, als eine Compensation ihrer geringen Fruchtbarkeit und der enormen Zerstörung ihrer Brut, wird man auch, ohne die Lebensdauer einer Art direkt beobachtet zu haben, dieselbe u n g e f ä h r wenigstens erschliessen können, wenn man die Fruchtbarkeit der Art und ihre Zerstörungsziffer kennt; in Bezug auf letztere kann freilich auch meist nur eine ganz ungefähre Schätzung stattfinden.

Wenn man z. B. hört, welch kolossale Massen von Meervögeln auf den Felseninseln und Klippen der nördlichen Meere im Sommer brüten, und zugleich weiss, dass fast alle diese Vögel jährlich nur e i n, höchstens z w e i Eier legen und einer sehr starken Zerstörung ihrer Brut ausgesetzt sind, so ist man zu dem Schluss berechtigt, dass dieselben ein sehr langes Leben besitzen, also sehr oft das Brutgeschäft wiederholen können. Denn ihre Zahl vermindert sich nicht; Jahr für Jahr bedecken unschätzbare Mengen dieser Vögel die Felswände von unten bis oben, Millionenweise sitzen sie dort zusammen und erheben sich, wenn aufgescheucht, gleich einer enormen dichten Wolke in die Luft. Selbst an solchen Stellen, welche alljährlich vom Menschen ausgebeutet werden, scheint ihre Zahl nicht merklich abzunehmen, vorausgesetzt, dass die Vögel dadurch nicht allzusehr beunruhigt und dadurch veranlasst werden, andere Brutplätze aufzusuchen. Auf der kleinen schottischen Insel St. Kilda werden alljährlich über 20,000 Junge und eine Unzahl von Eiern des grossen Tölpels (Sula) vom Menschen gesammelt und obgleich dieser Vogel nur 1 Ei jährlich legt und 4 Jahre braucht, um heranzuwachsen, so vermindert sich seine Zahl dort dennoch nicht [1]). „Von den Brutplätzen der Insel Sylt werden alljährlich etwa 30,000 Möven- und 20,000 Seeschwalbeneier ausgeführt" [2]), und es scheint, dass auch hier bei „planmässigem", ein Vertreiben der Vögel vermeidendem Einsammeln keine Verminderung derselben bisher eingetreten ist.

Die Zerstörung der Brut bei den hochnordischen Vögeln geht übrigens durchaus nicht blos vom Menschen aus, sondern von den verschiedensten Raubthieren, Säugethieren, wie Vögeln; ja die Masse der sich auf den Klippen drängenden Vögel bringt allein schon vielen Jungen und Eiern den Untergang, indem sie vom Felsen hinabgedrängt werden; nach Brehm ist der Fuss eines solchen Vogelbergs stets „mit Blut und Leichen bedeckt".

Solche Vögel müssen also ein hohes Alter erreichen, sonst wären sie längst ausgestorben; das Minimum von Lebensdauer, welches die Art zu ihrer Erhaltung fordert, ist ein hohes.

2. Lebensdauer der Säugethiere.

Die im Text enthaltenen Angaben hierüber sind verschiednen Quellen entnommen, theils Giebel's „Säugethieren", theils Oken's Naturgeschichte, theils Brehm's „Illustrirtem Thierleben" und einem Aufsatz von Knauer im „Naturhistoriker", Wien 1880.

3. Lebensdauer der reifen Insekten.

Was mir darüber an sicheren Daten bekannt ist, folgt hier in kurzer Zusammenstellung. Ich sehe dabei natürlich ganz ab von der scheinbaren Verlängerung des Imago-

---

1) Oken, Naturgeschichte, Stuttgart 1837, Bd. IV, Abth. 1.
2) Brehm, Leben der Vögel, p. 278.

Lebens durch Winterschlaf. Es gibt fast in allen Insekten-Ordnungen Arten, welche im Herbst ausschlüpfen, aber erst im nächsten Frühjahr sich fortpflanzen. Diese Zeit der Ueberwinterung kann nicht als eigentliches Leben gerechnet werden; entweder ist dasselbe hier durch Gefrieren des Thieres momentan ganz aufgehoben (Anabiose Preyer)[1]), oder es ist doch nur eine vita minima mit Herabsetzung des Stoffwechsels auf das äusserste Minimum.

Das Folgende macht durchaus nicht den Anspruch, Alles oder auch nur das Meiste von dem zu enthalten, was in der ungeheuern entomologischen Litteratur zerstreut zu finden sein könnte und noch viel weniger Alles, was einzelne Entomologen darüber privatim wissen; es kann deshalb nur als ein erster Versuch betrachtet werden, als ein Kern, um den sich die Hauptmasse von Thatsachen erst später ansammeln soll. Ueber die Larvendauer ist es nicht nöthig, specielle Angaben anzuführen, da hierüber in allen entomologischen Werken viele und genaue Beobachtungen niedergelegt sind.

I. Orthopteren.

Gryllotalpa. Die Eier werden im Juni oder Juli gelegt, nach 2—3 Wochen schlüpfen die Jungen aus, überwintern und sind im Mai oder Juni geschlechtsreif. „Wenn das Weibchen seine Eier gelegt hat, fällt sein Leib zusammen und seine Lebenszeit erstreckt sich dann nicht mehr viel über einen Monat." — „Nachdem aber dergleichen Weiblein älter oder jünger sind, nachdem bleiben sie auch länger am Leben und daher werden einige derselben auch noch im Herbst gefunden" (Rösel, Insektenbelustigungen,

---

1) „Naturwissenschaftliche Thatsachen und Probleme", Populäre Vorträge, Berlin 1880; siehe den „Anhang".

Bd. II, p. 92). Rösel glaubt, dass das Weibchen die Eier bis zum Ausschlüpfen bewache, woraus sich dann allerdings sein Ueberleben der Eiablage um einen Monat sehr gut erklärte. Ob die Männchen früher sterben, wird nirgends erwähnt.

Gryllus campestris, ist im Mai reif und singt von Juni bis in den Oktober, „wo sie sämmtlich sterben" (Oken, Naturgeschichte, Bd. II, Abth. 3, p. 1527). Schwerlich leben die einzelnen Individuen während des ganzen Sommers, wahrscheinlich greifen hier, wie bei Gryllotalpa, die Lebenszeiten der früher und später reifenden Individuen übereinander.

Locusta viridissima und verrucivora wird Ende August reif, legt in der ersten Hälfte des September die Eier in die Erde und stirbt dann. Wahrscheinlich lebt das einzelne Weibchen im reifen Zustand nicht über vier Wochen. Ob die Männchen bei dieser und andern Locustiden kürzer leben, ist nicht bekannt.

Locusta cantans fand ich zahlreich von Anfang bis gegen Ende September; die gefangenen starben nach der Eiablage; wahrscheinlich leben die Männchen kürzer, da sie gegen und nach Mitte September sehr viel seltner sind, als die Weibchen.

Acridium migratorium, „nach dem Legen sterben sie" (Oken, Naturgeschichte).

Termes, die Männchen leben wahrscheinlich nur kurz, doch fehlen noch Versuche darüber, die Weibchen „scheinen mitunter 4—5 Jahre zu leben", wie ich einer brieflichen Mittheilung von Herrn Dr. Hagen in Cambridge Mass. entnehme.

Ephemeriden. Ueber Ephemera vulgata sagt Rösel (Insektenbelustigungen Bd. II, der Wasserinsekten 2te Klasse, p. 60 u. f.): „Ihr Flug fängt mit Untergang der Sonne an und endigt sich noch vor Mitternacht, wann der Thau zu steigen anfängt." — „Die Paarung geschieht meist Nachts und dauert nur kurz. Sobald diese Insekten ausgeschlüpft sind (Nachmittags oder Abends), so sieht man sie zu Tausenden fliegen; sie paaren sich sogleich und sind des andern Tages alle todt. Doch währt ihr Ausschliefen mehrere Tage, so dass, wenn der gestrige Schwarm todt ist, man heute gegen Abend einen neuen aus dem Wasser kommen sieht." — „Sie lassen ihre Eier nicht nur ins Wasser fallen, sondern wo sie sich hinsetzen, Bäume, Busch, Erde. Vögel, Forellen und alle Fische stellen ihnen nach."

Herr Dr. Hagen schreibt mir:

„Nur bei einigen Arten ist das Leben so kurz; so bei Palingenia, wo die Weibchen nicht einmal die Häutung der Subimago abwarten, — ich denke, es ist noch nie eine Imago gesehen worden. Das Imago-Männchen, oft noch mit halber Subimago-Haut, begattet das Subimago-Weibchen und sofort wird der Inhalt beider Ovarien ausgestossen und das Leben ist zu Ende; es ist wohl möglich, dass die Geburt sogar durch Ruptur der Bauchsegmente erfolgt.

Libellula. „Alle Libellen leben als Imago Wochen lang und sind nicht gleich, sondern erst nach einigen Tagen begattungsfähig."

Lepisma saccharina; ein Individuum lebte 2 Jahre lang in einer Pillenschachtel, ob von Lycopodium-Staub oder ganz ohne Nahrung?[1])

II. Neuropteren.

Phryganiden „leben im Imago-Zustand — wahrscheinlich, ohne Nahrung zu sich zu nehmen — gewiss eine Woche, wenn nicht mehr" (briefliche Mittheilung von

---

1) Entomolog. Mag. Vol. I, p. 527. (1833.)

Hrn. Dr. Hagen). Phryganea grandis enthält nach neuesten Untersuchungen [1]) niemals Nahrung im Darm, meist Luft, so dass der vordere Theil des Chylusmagens ganz aufgebläht davon ist.

III. Strepsipteren.

Die Larve braucht zu ihrer Entwicklung etwas weniger Zeit, als die Bienenlarve, in die sie sich eingebohrt hat; Puppendauer 8—10 Tage. Die heftig umherflatternden Männchen leben nur 2—3 Stunden, die Weibchen jedenfalls mehrere Tage; möglicherweise lassen sie sogar die Begattung erst zu, wenn sie 3—5 Tage alt sind; die lebendig gebärenden Weibchen scheinen nur ein Mal Junge zu produciren und dann abzusterben; bekanntlich steht es noch nicht fest, ob sie sich etwa auch durch Parthenogenese fortpflanzen. (Siehe v. Siebold, Ueber Paedogenesis der Strepsipteren, Zeitschr. f. wissensch. Zool. Tom. XX. 1870).

IV. Hemipteren.

Aphis; Bonnet (Observations sur les Pucerons, Paris 1745) hielt ein parthenogenetisches Weibchen von Aphis evonymi von Geburt an 31 Tage, während welcher es 95 Junge hervorbrachte; Gleichen hielt parthenogenetische Weibchen von Aphis mali 15—23 Tage lang.

Aphis foliorum ulmi.

Die Stammmutter einer Kolonie, die im Mai aus dem überwinterten Ei schlüpft, ist Ende Juli 2''' lang, lebt also mindestens $2^{1}/_{2}$ Monate. (De Geer, Abhandlungen zur Geschichte der Insekten, 1783. III, p. 53.)

Phylloxera vastatrix; die Männchen sind blos „ephemere Geschlechtsorganismen, es fehlt ihnen Rüssel und

---

[1]) Imhof, Beiträge zur Anatomie der Perla maxima. Inaug. Diss. Aarau 1881.

Darm und sie sterben sofort nach der Befruchtung der Weibchen.

Pemphigus terebinthi, sowohl männliche, als weibliche Geschlechtsthiere sind flügellos und ohne Rüssel, können keine Nahrung aufnehmen und leben in Folge dessen nur ganz kurz, viel kürzer als die parthenogenetischen Weibchen derselben Art. (Derbès, Note sur les aphides du pistachier térébinthe, Ann. scienc. nat. Tom. XVII, 1872.)

Cicaden; trotzdem viele ausführliche Beschreibungen der Lebensgeschichte der Cikaden aus dem vorigen und vorletzten Jahrhundert existiren, konnte ich doch nur über eine Art einigermaassen bestimmte Angaben über die Lebensdauer des reifen Insektes finden. P. Kalm sagt von der nordamerikanischen Cicada septemdecim, die zuweilen in ungeheuren Massen auftritt, dass „nach 6 Wochen alle verschwunden waren" und Hildreth gibt die Lebensdauer der Weibchen auf 20—25 Tage an. Dies stimmt auch ganz wohl damit, dass die Cikaden mehrere Hundert Eier (Hildreth gibt an: 1000) ablegen, von denen je 16—20 in einen ins Holz gebohrten Kanal geschoben werden; die Weibchen brauchen also Zeit zur Eiablage. (Oken, Naturgeschichte, 2ter Bd. 3te Abtheilung p. 1588 u. f.)

Acanthia lectularia; über die Bettwanze liegen keine Beobachtungen vor, aus welchen die normale Lebensdauer zu entnehmen wäre; dagegen mancherlei Angaben, welche zeigen, dass sie ungemein lebenszäh sind, wie es für Parasiten wünschenswerth ist, deren Nahrungsaufnahme und dadurch auch deren Wachsthum und Fortpflanzung den grössten Unregelmässigkeiten ausgesetzt ist. Sie können unglaublich lange hungern und die höchsten Kältegrade ertragen. Leunis (Zoologie p. 659) erzählt von einem in eine Schachtel eingesperrten und dort vergessenen Weibchen, welches nach 4 Monaten Hungers nicht nur noch lebte, sondern sogar von einem Kranz ebenfalls lebender Jungen umgeben war. Gize fand Wanzen in den Vorhängen eines alten 4 Jahre lang nicht benutzten Bettes; „sie sahen aber aus, wie weisses Papier"; ich habe selbst einen ähnlichen Fall beobachtet; die ausgehungerten Thiere waren ganz durchsichtig. De Geer setzte Wanzen in dem kalten Winter 1772 bis —14° C. in ein ungeheiztes Zimmer; sie brachten den ganzen Winter in Erstarrung zu, lebten aber dennoch im Mai wieder auf. De Geer Bd. III. p. 135 und Oken, Naturgeschichte, 2. Bd. 2. Abth. p. 1413.

V. Dipteren.

Pulex irritans: vom Floh sagt Oken Naturgesch. Bd. 2, Abth. 2. p. 759: „sind die Eier gelegt, so erfolgt der Tod nach 2 oder 3 Tagen, wenn man sie auch gleich Blut saugen lässt". Wie lange der Floh lebt vom Ausschlüpfen aus der Puppe bis zur Begattung resp. Eiablage, ist nicht angegeben.

Sarcophaga carnaria. Die weibliche Fliege, stirbt 10—12 Stunden nach dem Ausschlüpfen der lebendiggeborenen Jungen; die Zeit vom Ausschlüpfen aus der Puppe bis zur Geburt der Jungen wird nicht angegeben. (Oken nach Réaumur Mém. p. s. à l'hist. Insectes. Paris 1740—48. IV.

Musca domestica, die gemeine Stubenfliege, beginnt mit der Eiablage im Sommer 8 Tage nach dem Ausschlüpfen; sie legen mehrmals. (v. Gleichen, Geschichte der gemeinen Stubenfliege, Nürnberg 1764.)

Eristalis tenax. Diese grosse Fliege lebt bekanntlich als Larve in Mistjauche und wurde schon von Réaumur als Rattenschwanzlarve beschrieben und abgebildet. Ich hielt ein kürzlich ausgeschlüpftes Weibchen vom 30. August bis zum 4. Oktober in einem geräumigen mit Gaze verschlossenen Glase. Das Thier lernte sich sehr bald in seinem Gefängniss geschickt umher bewegen, ohne Fluchtversuche zu machen; es summte lustig in Spiraltouren umher und nährte sich reichlich von dem dargebotenen Zuckerwasser. Vom 12. September an aber schwärmte es nicht mehr umher, sondern flog nur, wenn es aufgescheucht wurde kurze Strecken weit. Ich glaubte schon, dass sein Ende herannahe, allein die Sache klärte sich in andrer Weise auf; die Fliege legte am 26. September ein grosses Packet Eier ab und am 29. ein zweites ebenso grosses. Vermuthlich verhindert die Schwere der in Massen reifenden Eier das Thier an ausdauerndem Flug. Die Eiablage ist aller Wahrscheinlichkeit nach hier bedeutend verzögert worden, weil die Begattung ausblieb. Am 4. Oktober erfolgte der Tod, die Fliege hatte also 35 Tage gelebt. Leider konnte ich den Gegenversuch, wie lange ein mit Männchen versehenes Weibchen lebt, bisher nicht anstellen.

VI. Lepidopteren.

Ueber diese Ordnung verdanke ich besonders den Herren W. H. Edwards in Coalburgh, W. Virginia und Hofrath Dr. Speyer in Rhoden werthvolle briefliche Notizen[1]).

Ueber die Lebensdauer der Imagines im Allgemeinen schreibt mir der Letztere:

„Es ist mir unwahrscheinlich, dass irgend ein Schmetterling im Imago-Zustand ein volles Jahr am Leben bleibt. Im August kommen überwinterte Stücke nur als Seltenheiten

---

1) Anm. Herr Edwards hat inzwischen diese mir brieflich gemachten Angaben mit ausführlichen Belegen publicirt. Siehe: „On the length of life by butterflies." Canadian Entomologist 1881, p. 205.

vor (bei spätem Eintritt der Sommerwärme); so einmal eine ganz verflogene Vanessa cardui (Entomolog. Nachrichten, 1881, p. 146).

Auf meine Frage, ob es feststehe, dass gewisse Falter keinerlei Nahrung, auch keine Flüssigkeit zu sich nehmen, oder überhaupt keine Mundöffnung mehr besitzen, was als ein Zeichen äusserster Anpassung der Lebensdauer an die einmalige und rasche Eiablage zu betrachten wäre, antwortete mir Herr Dr. Speyer:

„Die flügellosen Weibchen der Psychiden scheinen gar keine Mundöffnung zu haben, wenigstens konnte ich bei Psyche unicolor (graminella) keine solche finden; sie verlassen auch den Sack vor dem Tode nicht, nehmen also gewiss nicht einmal Wasser zu sich. Dasselbe ist der Fall mit den flügellosen Weibchen von Heterogynis, mit Orgyia ericae und wohl mit allen Weibchen der Gattung Orgyia s. str.; wahrscheinlich auch bei Heterogynis- und Psyche-Männchen (nach getrockneten Exemplaren). „Ich habe nie bemerkt, dass die bei Tage fliegenden Saturniden, Bombyciden und andere rüssellose Falter sich an feuchten Stellen niedergelassen oder sonst wässrige Stoffe geleckt hätten und bezweifle, dass sie es thun. Leckorgane scheinen sie nicht zu besitzen."

Auf meine Frage, ob es für irgend welche Schmetterlinge festgestellt sei, dass die beiden Geschlechter eine verschiedene Lebensdauer besitzen, erwiederte Herr Dr. Speyer, dass ihm darüber keine Beobachtungen bekannt seien.

Bestimmte, auf direkter Beobachtung einzelner Individuen basirte Beobachtungen über die Lebensdauer von Schmetterlingen besitze ich nur die folgenden [1]):

---

[1]) Anm. Wo keine Quelle angegeben ist, rührt die Beobachtung von mir selbst her.

Pieris napi var. Bryoniae ♂ und ♀ im Freien gefangen, lebten noch 10 Tage im Zwinger und wurden dann getödtet.

Vanessa Prorsa lebten 10 Tage im Zwinger als Maximum.

Vanessa Urticae lebte 10—13 Tage im Zwinger.

Papilio Ajax. Nach brieflicher Mittheilung von Herrn W. H. Edwards hat das Weibchen beim Ausschlüpfen noch ganz unreife Eier und lebt etwa 6 Wochen (abgeschätzt nach dem ersten Erscheinen und dem Verschwinden der betreffenden Generation)[1]. Die Männchen leben am längsten und fliegen noch sehr zerfetzt und abgeflogen. Selten sieht man ein abgeflogenes Weibchen, „ich glaube, die Weibchen leben nicht lange nach Ablage ihrer Eier, doch werden sie sicher mehrere Tage, sehr wahrscheinlich sogar 2 Wochen mit Eierlegen beschäftigt sein."

Lycaena violacea; die erste Brut dieser Art lebt nach Edwards höchstens 3—4 Wochen.

Smerinthus Tiliae, ein am 24. Juni gefangenes, frisch ausgeschlüpftes Weibchen, befand sich am 29. in coitu, legte Eier (etwa 80) am 1. Juli und war am 2. Juli todt; lebte also 9 Tage und überlebte die Eiablage nur um 1 Tag; nahm keine Nahrung zu sich während dieser Zeit.

Macroglossa stellatarum, ein Weibchen im Freien gefangen und schon begattet, lebte im Zwinger vom 28. Juni bis 4. Juli und legte während dem stets einzeln Eier ab, im Ganzen etwa achtzig, dann verschwand es und muss gestorben sein, obgleich es in dem mit Gras bewachsenen grossen Zwinger nicht aufgefunden wurde.

---

[1] Anm. In der oben citirten, seither gedruckten Abhandlung kommt Edwards nach genauer Erwägung aller seiner Notizen zu der Lebensdauer von nur 3—4 Wochen.

Saturnia pyri, ein am 24. oder 25. April ausgeschlüpftes Paar blieb vom 26. an bis zum 2. Mai in coitu, also 6—7 Tage, dann legte das Weibchen eine grosse Menge Eier und starb.

Psyche graminella; die auf Begattung angewiesenen Weibchen leben mehrere Tage, und falls die Begattung nicht erfolgt, bis über eine Woche (Speyer).

Solenobia triquetrella „die parthenogenetische Form, bei der ich in Oken's Isis schon 1846, p. 30 die Parthenogenesis bestimmt nachwies, legt bald nach dem Ausschlüpfen ihre gesammten Eier in den verlassnen Sack, fällt dann ganz eingeschrumpft von demselben herab und ist nach einigen Stunden todt. Das nicht parthenogenetische Weibchen derselben Art bleibt dagegen mehrere Tage hindurch ruhig sitzen, um die Begattung abzuwarten und lebt länger als eine Woche, wenn diese nicht erfolgt". „Die parthenogenetischen Weibchen leben kaum einen Tag und ebenso ist es mit den parthenogenetischen Weibchen einer andern Art von Solenobia (inconspicuella?)." (Briefliche Notiz von Herrn Dr. Speyer).

Psyche calcella O.; auch die Männchen leben sehr kurz; „solche, die Abends ausgeschlüpft waren, fanden sich am folgenden Morgen todt und mit abgeflogenen Flügeln am Boden ihres Zwingers. (Dr. Speyer.)

Eupithecia sp. (Geometride) „kann 3—4 Wochen bei guter Fütterung in Gefangenschaft gehalten werden; die Männchen begatten die Weibchen mehrmals und diese legen noch Eier, wenn sie schon völlig matt und zum Kriechen und Fliegen unfähig geworden sind." (Dr. Speyer).

Aus dieser kleinen Reihe von Beobachtungen werden wohl die im Text gezogenen Schlüsse und abgeleiteten Anschauungen hinlänglich gestützt erscheinen. Doch wäre hier offenbar noch sehr Vieles zu thun und es müsste für einen Lepidopterologen ein äusserst dankbares Feld sein, sichere Beobachtungen über die Lebensdauer verschiedner Schmetterlinge anzustellen und sie in Beziehung zu setzen mit den Lebensbedingungen, der Art der Eiablage, der Verkümmerung der Flügel, der äussern Mundtheile oder gar der Verwachsung des Mundes selbst, falls diese wirklich hier vorkommt, wie es ja bei gewissen Blattläusen bestimmt der Fall ist.

VII. Coleopteren.

Melolontha vulgaris; Maikäfer, welche ich in einem luftigen Zwinger bei stets frischem Futter und hinreichender Feuchtigkeit hielt, lebten nicht über 39 Tage. Von 49 Käfern lebte nur ein Weibchen so lange, ein anderes lebte 36 Tage, ein drittes 35 Tage, zwei Weibchen nur 24 Tage, alle andern kürzer. Von den Männchen lebte nur eins 29 Tage. Alle diese Zahlen bleiben um einige Tage hinter der wirklichen Maximaldauer des Lebens zurück, da die Käfer im Freien gefangen wurden, also mindestens einen Tag schon gelebt hatten; doch kann die Differenz nur gering sein, da unter 49 Käfern nur drei Weibchen 35—39 Tage ausdauerten und nur 1 Männchen 29 Tage; alle früher Gestorbenen werden solche gewesen sein, die schon vor dem Einfangen längere Zeit gelebt hatten.

Eine exakte Anstellung des Versuchs mit überwinterten Puppen würde ergeben, ob die Lebensdauer der Männchen wirklich etwa 10 Tage kürzer ist, als die der Weibchen, oder ob hier der Zufall seine Hand mit im Spiele hatte. So viel konnte ich feststellen, dass der Coitus von beiden Geschlechtern öfters wiederholt wird. Ein Paar, welches am 17. in Begattung angetroffen worden war, trennte sich am Abend, befand sich aber am Morgen des 18. wieder in coitu, um sich Mittags wieder zu trennen. Ein Paar wurde am 22. und wieder am 26. in coitu getroffen.

Bei verschiedenen Exemplaren beobachtete ich das Absterben. Mehrere Tage vorher wird das Thier schon träg, fliegt nicht mehr, hört mit Fressen auf und kriecht zuletzt nur noch auf Anstossen. Dann fällt es auf den Boden und bleibt liegen, scheinbar todt, bewegt aber auf Reizung und eine Zeit lang auch von selbst noch die Beine. Der Tod tritt ganz allmälig ein, von Zeit zu Zeit erfolgt noch eine langsame Bewegung eines Beins, endlich nach mehreren Stunden hört jedes Lebenszeichen auf.

Nur in einem Fall fand ich Bakterien in grosser Menge im Blut, wie in den Geweben, bei den übrigen frisch Gestorbenen fiel mir nur eine grosse Trockenheit der Gewebe auf.

Carabus auratus; ein' Versuch mit einem am 27. Mai gefangenen Käfer ergab nur 14 Tage Lebensdauer, was vermuthlich zu kurz ist, denn man sieht die Käfer im Freien von Ende Mai bis Anfang Juli.

Lucanus cervus; im Freien gefangene und in Gefangenschaft mit Zuckerwasser gefütterte Männchen habe ich nicht über 14 Tage am Leben erhalten, manche kürzer. Bekanntlich erscheint der Käfer nur im Juni und Juli, lebt also gewiss nicht viel länger als einen Monat, wie denn überhaupt viele Käfer, nur in bestimmten Monaten gefunden werden, also etwas kürzer leben werden, als ihre Erscheinungszeit dauert. Genauere Angaben, besonders auch über etwaige Verschiedenheiten in der Lebensdauer der Geschlechter sind mir nicht bekannt.

In der Litteratur existiren hier und da zerstreut Angaben über auffallend langes Leben von Käfern; Hr. Dr. Hagen in Cambridge Mass. hatte die Freundlichkeit, mich auf mehrere derselben aufmerksam zu machen und mir eigne Beobachtungen darüber mitzutheilen:

Cerambyx Heros; 1 Exemplar lebte in Gefangenschaft vom August bis in den Februar des folgenden Jahres [1]).

Saperda Carcharias; 1 Exemplar lebte vom 5. Juli bis zum 24. Juli des folgenden Jahres [1]).

Buprestis splendens; 1 Exemplar wurde lebend in London aus einem Pult herausgeschnitten, der 30 Jahre lang in einem Comptoir gestanden hatte, dessen Holz also vor seiner Verarbeitung schon die Larve enthalten haben muss [1]).

Blaps mortisaga; 1 Exemplar blieb 3 Monate am Leben, 2 andere 3 Jahre.

Blaps fatidica, 1 Exemplar wurde in einer Schachtel vergessen und lebte noch, als nach 6 Jahren dieselbe geöffnet wurde.

Blaps obtusa; 1 Exemplar lebte 1½ Jahr in Gefangenschaft.

Eleodes grandis und dentipes; 8 aus Californien stammende Käfer wurden von Herrn Dr. Gissler in Brooklyn 2 Jahre lang ohne Futter in Gefangenschaft gehalten, dann schickte sie dieser an Hrn. Dr. Hagen, bei welchem sie noch ein Jahr aushielten.

Goliathus cacicus; 1 Exemplar lebte im Gewächshaus 5 Monate.

Herr Dr. Hagen schreibt mir ausserdem: „Bei den über 1 Jahr lebenden Käfern, Blaps, bei Ameisen, Pasima-

---

1) Entomolog. Mag. Vol. I, p. 527 (1823).

chus (Carabide) findet man unter je 100 Stück etwa 30, bei welchen die ganze Cuticula matt und abgenutzt ist, rissig, und bei welchen die grossen Mandibeln so stark aufgebraucht sind, dass früher Arten darauf gegründet wurden; die Mandibeln sind oft bis auf die Hypodermis abgenutzt."

Nach diesen mir vorliegenden Daten möchte ich glauben, dass es Käfer gibt, die normaler Weise mehrere Jahre leben, so vor Allem die Blapiden. Doch ist es mir sehr wahrscheinlich, dass hier noch etwas Anderes mitspielt, nämlich eine Vita minima, eine Art von Scheintodt, die ich als Hungerschlaf, nach Analogie von Winterschlaf bezeichnen möchte, ein Herabsinken der Lebensprocesse auf ein Minimum in Folge fehlender Ernährung. Man schreibt den Winterschlaf gewöhnlich blos der Kälte zu, die Insekten sollen durch niedere Temperatur zum Scheintodt erstarren. Nicht bei allen Insekten wirkt indessen die Kälte in dieser Weise. Bei den Bienen z. B. sinkt zwar im Anfang des Winters auch die Lebhaftigkeit der Thiere bedeutend herab, wenn aber dann die Kälte noch steigt, so werden die Bienen wieder lebhaft, rennen im Stock umher, „suchen sich durch Bewegung zu erwärmen", wie die Bienenzüchter sagen und erhalten sich so am Leben. Wird der Frost zu stark, so sterben sie. In den Tropen fällt die Zeit des Schlafes für viele Thiere in die Zeit der grössten Hitze und Dürre. — Demnach kann der Organismus auf verschiedene Weise in diesen Zustand der Vita minima versetzt werden und die Annahme, dass dies bei gewissen Insekten auch durch Hungern geschehen könne, hat an und für sich nichts Befremdendes. Ob sie richtig ist, müssen exact angestellte Versuche lehren, wie ich deren einige begonnen habe. Die Thatsache, dass einzelne Käfer mehrere (bis 6!) Jahre lang ohne Nahrung am Leben blieben, lässt sich übrigens kaum anders auslegen, da gerade diese Käfer unter normalen Verhältnissen reichlich Nahrung zu sich nehmen und es undenkbar ist, dass sie im Stande sein sollten, Jahre lang ohne Nahrung zu leben, wenn der Stoffwechsel dabei seine normale Energie behauptete.

Ein sehr schönes Beispiel dafür, dass Langlebigkeit durch Verlängerung der Fortpflanzungsperiode hervorgerufen werden kann, theilt mir Herr Dr. Adler in Folgendem mit: „Vor drei Jahren beobachtete ich zufällig, dass bei Chrysomela varians eine ovovivipare Fortpflanzung besteht, eine Thatsache, die, wie ich später erfuhr, schon von einem Entomologen entdeckt war."

„Das Ei durchläuft im Ovarium die ganze embryonale Entwicklung: ist dieselbe vollendet, so wird das Ei gelegt und wenige Minuten später durchbricht die Larve die Eihaut. In jedem Ovarial-Fache entwickelt sich zur Zeit je ein Ei. Die Folge ist, dass die Eier in längeren Zwischenräumen gelegt werden. Um aber eine grössere Serie von Eiern zur Entwicklung zu bringen, ist eine längere Lebensdauer des Individuums nothwendig. So kommt es, dass einzelne Weibchen ein volles Jahr am Leben bleiben. Bei den übrigen Chrysomela-Arten pflegen in einem Jahre zwei Generationen aufzutreten und die Lebensdauer des einzelnen Individuums beträgt einige Monate bis zu einem halben Jahre."

VIII. *Hymenopteren.*

1) Gallwespen. Bestimmte Angaben über die Lebensdauer der Imagines von Blatt- Holz- und Schlupfwespen habe ich nicht auffinden können, dagegen bin ich durch die Güte des ausgezeichneten Beobachters der Gallwespen, Herrn Dr. Adler, im Besitz genauer Angaben über diese Familie. Auf Grund allgemeiner Ansichten richtete ich an

Herrn Dr. Adler die Frage, ob man etwa bei den Gallwespen beobachten könne, dass ihre Lebensdauer verschieden sei, je nach der Dauer der Eiablage, ob also Arten, welche sehr viele Eier ablegen müssen, oder bei welchen die Eiablage besonders schwierig und zeitraubend ist, länger leben, als solche Arten, welche relativ wenig Eier ablegen, oder dieselben sehr leicht und rasch an den geeigneten Platz schaffen können.

Diese Vermuthung bestätigte Herr Dr. Adler vollkommen und belegte sie mit folgenden Angaben:

„Die zu Neuroterus gehörende Sommergeneration (Spathegaster) hat von allen Gallwespen die kürzeste Lebensdauer: durchschnittlich habe ich sie nur 3 bis 4 Tage am Leben erhalten, mochten sie aus Gallen gezogen oder im Freien eingefangen sein. Die Arbeit des Eierlegens erfordert für diese Generation die kürzeste Zeit und die geringste Kraftanstrengung, indem die Eier in die Blattfläche gelegt werden. Die Zahl der Eier in den Ovarien ist hier die kleinste, im Durchschnitt 200. Ohne Zweifel aber kann eine Wespe mit Leichtigkeit an einem Tage 100 Eier legen.

Etwas längere Lebensdauer hat die zu Dryophanta gehörende Sommergeneration (Spathegaster Taschenbergi, verrucosus etc.) Exemplare dieser Generation habe ich 6—8 Tage in der Gefangenschaft erhalten. Das Eierlegen erfordert einen grösseren Aufwand an Zeit und Kraft, indem der Stachel die ziemlich festen Blattrippen durchbohren muss. Die Anzahl der Eier in den Ovarien beträgt durchschnittlich 300 bis 400.

Wieder eine längere Lebensdauer haben die Sommergenerationen von Andricus, die zu dem umfangreichen Genus Aphilotrix gehören; die kleineren Andricus, wie nudus, cirratus, noduli habe ich eine Woche, die grösseren: inflator, curvator, ramuli 2 Wochen lebend erhalten. Die kleinen stechen ganz zarte, unausgebildete Knospen an, die grösseren dagegen ausgewachsene mit festeren Schuppen umschlossene Knospen; erstere haben 400 bis 500 Eier in den Ovarien, letztere über 600.

Eine weit längere Lebensdauer zeigen die agamen Wintergenerationen; die Neuroterus-Arten haben die kürzeste und sind nicht länger als höchstens zwei Wochen zu erhalten, dagegen leben die Aphilotrix-Arten mit Leichtigkeit vier Wochen, Dryophanta und Biorhiza noch länger. Dryophanta scutellaris habe ich drei Monate am Leben erhalten. Die Anzahl der Eier ist bei allen diesen agamen Wespen weit grösser, bei Dryophanta und Aphilotrix 1200, bei Neuroterus etwa 1000."

Man sieht also, dass in der That die Lebensdauer im Allgemeinen um so länger ist, je anstrengender und zeitraubender das Eierlegen ist und je grösser der Vorrath von Eiern ist, der abgelegt werden soll. Es versteht sich, dass hier, wie überall, nicht diese Momente allein bestimmen, es kann dabei noch Mancherlei mitwirken, was für jetzt noch nicht zu erkennen ist. Es wäre z. B. recht wohl möglich, dass die Jahreszeit, in welcher die Art ausschlüpft, dabei von indirektem Einfluss ist. Die langlebige Biorhiza z. B. schlüpft mitten im Winter aus ihrer Galle aus und beginnt damit, ihre Eier in die Eichenknospen zu legen. Obgleich sie sehr unempfindlich gegen niedrige Temperatur ist, wie ich denn selbst sie bei $+ 5^0$ R. Eier legen sah, so wird sie doch durch starken Frost jedenfalls genöthigt, ihr Geschäft zu unterbrechen und sich im dürren Laub am Boden zu verstecken. Solche Unterbrechungen können lange anhalten und sich öfter wiederholen, so dass wir in der auffallend langen Lebensdauer dieser Art vielleicht zugleich eine Anpassung an das Leben im Winter zu sehen haben.

2) Ameisen. Bei Lasius flavus werden die Eier im Herbst gelegt und die jungen Larven überwintern im Nest. Im Juni schlüpfen dann Männchen und Weibchen aus der Puppe und copuliren sich im Juli bis August. Die Männchen fliegen mit den Weibchen aus dem Nest weg, kommen aber nicht wieder dahin zurück, sondern „leben nur kurze Zeit nach der Begattung". Auch die Weibchen scheinen nicht wieder ins alte Nest zurückzukehren, können aber neue Colonien gründen, doch ist dieser Punkt grade der noch am wenigsten klare in der Biologie der Ameisen. Dagegen ist vollkommen sicher, dass die Weibchen dann Jahre lang im Innern des Nestes fortleben und fortfahren befruchtete Eier zu legen. Man findet zuweilen solche alte Weibchen im Stock, deren Kiefer bis auf die Hypodermis stellenweise abgenutzt sind.

Damit stimmen die Züchtungsversuche. Schon P. Huber[1]) und Christ gaben die Lebensdauer der Weibchen auf 3—4 Jahre an und Sir John Lubbock, der sich neuerdings sehr eingehend mit der Biologie der Ameisen beschäftigt hat, konnte eine Arbeiterin von Formica sanguinea 5 Jahre lang am Leben erhalten und er hatte die Güte, mir brieflich mitzutheilen, dass zwei Weibchen von Formica fusca nebst einem Dutzend Arbeiterinnen, welche er im December 1874 vom Wald holte, noch heute (Juli 1881) leben[2]);

---

1) Recherches sur les moeurs des Fourmis indigènes. Genève 1810.
2) Anm. Nach den letzten Mittheilungen Sir John Lubbock's lebten die 2 Weibchen noch am 25. Sept., haben also ein Alter von mindestens sieben Jahren! Siehe: „Observations on Ants, Bees and Wasps, Part. VIII, p. 385. Linn. Soc. Journ. Zool. Vol. XV (1881).

diese leben also im Imago-Zustand bereits länger als 6$^1/_2$ Jahre!

Dagegen gelang es ihm nie, Männchen „länger als ein Paar Wochen am Leben zu erhalten". Dass die Weibchen hier, wie bei den Bienen, vor Schädlichkeiten und Gefahren soviel nur immer möglich geschützt werden, wird von älteren und neueren Beobachtern übereinstimmend angegeben. So schreibt mir Hr. Dr. A. Forel, der gründliche Kenner der schweizerischen Ameisen: „Die Weibchen werden nur ein Mal befruchtet und dann in der Tiefe des Nestes von den Arbeiterinnen gepflegt, gereinigt und gefüttert; oft findet man solche, die nur noch drei Beine haben und ein ganz erodirtes Chitinskelett. Sie kommen nie aus der Tiefe des Nestes heraus und haben nur Eier zu legen".

In Betreff der Arbeiterinnen glaubt Forel, dass sie zwar der Anlage nach ebensolang leben können, als die Weibchen, (wie ja die Zuchtversuche von Lubbock beweisen), dass sie aber im Freien meist früher sterben, was „sicherlich mit den viel grösseren Gefahren zusammenhängt, welchen sie ausgesetzt sind". Dasselbe Verhältniss scheint sich bei den Bienen zu wiederholen, doch ist es dort noch nicht festgestellt, dass Arbeiterinnen in Gefangenschaft ebensolange leben, als Königinnen.

3) Bienen. Nach v. Berlepsch[1]) lebt die Königin „ausnahmsweise" 5 Jahre, gewöhnlich aber nur 2—3 Sommer. Die Arbeiterinnen scheinen alle viel kürzer zu leben und zwar stets weniger als ein Jahr. Direkte Versuche an gefangenen und isolirten Thieren, oder an gezeichneten Individuen im Freien liegen freilich nicht vor, allein die Statistik des Bienenstocks führt zu dem obigen Satz. Jeden

---

1) A. v. Berlepsch, Die Biene und ihre Zucht etc. 3. Aufl. Mannheim 1872.

Winter geht der Stock von 12—20,000 Stück auf 2—3000 herunter; die Königin legt am meisten im Frühjahr und diese Arbeiterinnen sterben wohl vor dem Winter und werden ersetzt durch die, welche im Sommer und Herbst, und bei mildem Wetter selbst im Winter ausschlüpfen. Da die Königin zu diesen Zeiten viel weniger legt, so begreift man die Ungleichheit der Zahlen. Die Arbeiterinnen leben mithin kaum länger, als 6—7 Monate, zur Zeit des stärksten Eintragens (Mai—Juli) sogar nur 3 Monate. Ein Versuch, die Lebensdauer der Arbeiterinnen und Drohnen dadurch zu bestimmen, dass man dem Stock die Königin am Ende des Sommers nahm, ergab 6 Monate Lebensdauer für die Arbeiterinnen, 4 Monate für die Drohnen[1]).

Die Letzteren leben übrigens meist noch kürzer, da ihrem Leben gewaltsam früher ein Ende gemacht wird. Die bekannte „Drohnenschlacht" soll übrigens nach den neueren Erfahrungen nicht auf einer direkten Ermordung der Drohnen durch die stachelbewehrten Arbeiterinnen beruhen, sondern nur darauf, dass die Arbeiterinnen die unnützen Drohnen vom Futter wegdrängen, so dass sie verhungern müssen.

4) Wespen. Interessanterweise ist noch bei den nächsten Verwandten der Honigbienen die Lebensdauer der Weibchen eine viel kürzere, entsprechend dem noch erheblich geringeren Grad von Arbeitstheilung, der hier in der Kolonie stattfindet. Bei Polistes gallica sowohl, als bei Vespa haben die Weibchen nicht nur Eier zu legen, sondern nehmen Theil am Bau der Zellen und am Eintragen der Nahrung; sie sind demnach einer bedeutend

---

[1]) E. Bevan, „Ueber die Honigbiene und die Länge ihres Lebens"; ein Referat darüber in Oken's Isis v. 1844, p. 506.

grösseren Abnutzung ihres Körpers, besonders der Flügel und grösserer Gefährdung durch Feinde ausgesetzt.

Bekanntlich wies schon Leuckart nach, dass die sog. „Arbeiterinnen" von Polistes gallica und Bombus keine geschlechtlich verkümmerten Weibchen sind, wie die Bienen-Arbeiterinnen, sondern nur kleinere, aber völlig begattungs- und befruchtungsfähige Weibchen, die jedoch, wie v. Siebold nachwies, die Begattung nicht vollziehen, sondern sich parthenogenetisch fortpflanzen.

Das überwinterte und begattete Weibchen beginnt mit der Gründung einer Kolonie Anfang Mai; die Verpuppung der ersten, aus etwa 15 Eiern bestehenden Beute erfolgt Anfang Juni, das Ausschlüpfen in der zweiten Hälfte Juni. Dies sind die kleinen sog. Arbeiterinnen, die nun bei der Fütterung der zweiten Brut so gute Dienste leisten, dass diese die volle Grösse des überwinterten Weibchens erreichen und sich von ihr nur durch die Unverletztheit der Flügel unterscheiden, welche bei jener bereits bedeutend abgenutzt sind.

Die Männchen erscheinen Anfangs Juli, im August ist ihr Samen erst reif und nun erfolgt die Begattung der „eigentlichen, begattungsbedürftigen Weibchen", welche inzwischen ebenfalls ausgeschlüpft sind. Dies sind dann die Weibchen, welche überwintern und im nächsten Frühjahr einen neuen Stock gründen, das alte Weibchen, vom Winter vorher, stirbt, es überlebt den Sommer nicht, in dem es eine Kolonie gegründet hat. Während nun die jungen, begatteten Weibchen beim Eintritt der ersten Nachtfröste Winterquartiere aufsuchen, thun dies die Männchen nicht, sie überwintern niemals, sondern gehen im Oktober zu Grunde; ebenso die beim Begattungsflug im

Stock zurückgebliebenen, **parthenogenetischen Weibchen.**

Bei **Polistes gallica** leben also die Männchen höchstens 3 Monate (Juli bis Anfang Oktober), die parthenogenetischen Weibchen höchstens einen halben Monat länger (von Mitte Juni bis Oktober), die späteren Generationen derselben aber kürzer. Nur die Sexual-Weibchen leben etwa ein volles Jahr, eingerechnet den Winterschlaf.

Bei der Gattung Vespa ist es ganz ähnlich. Bei Beiden kommt das Vermögen der Fortpflanzung nicht nur einem einzigen Weibchen des Stockes zu, sondern sehr vielen. Erst bei der Gattung Apis ist die Arbeitstheilung eine vollständige, die Weibchen sind in ächte, fortpflanzungsfähige und in zur Fortpflanzung unfähige Arbeiterinnen geschieden.

4. Lebensdauer niederer Seethiere.

Auf diesem Gebiet ist mir in der Litteratur nur **eine** bestimmte Angabe begegnet. Sie betrifft eine **See-Anemone**, also einen einzeln lebenden (nicht Kolonie-bildenden) Polypen. Im August 1828 nahm der englische Zoologe **Dalyell** eine Actinia mesembryanthemum aus dem Meer und setzte sie in ein Aquarium [1]). Sie war damals schon ein sehr schönes, wenn auch nicht grade eines der grössten Exemplare und musste nach Vergleichung mit andern aus dem Ei gezogenen Individuen wenigstens sieben Jahre alt sein. Im Jahre 1848 war sie etwa 30 Jahre alt und hatte in den 20 Jahren ihrer Gefangenschaft 334 Junge hervorgebracht. Diese Actinie lebt heute noch, wie mir Professor **Dohrn** in Neapel mittheilte und wird im botanischen Garten von Edinburg den Besuchern als Merkwürdigkeit vor-

---

1) Dalyell, „Rare and remarkable Animals of Scotland." Vol. II p. 203. London 1848.

gezeigt. Sie hat demnach bis jetzt schon ein Alter von etwa 63 Jahren erreicht.

5. Lebensdauer der einheimischen Mollusken.

Ueber die einheimischen Schnecken und Muscheln verdanke ich dem vortrefflichen Beobachter unserer Mollusken, Herrn Clessin, werthvolle briefliche Notizen. Ich konnte sie im Text nicht verwerthen, da dazu eine Menge von Einzelnheiten der biologischen Verhältnisse bekannt sein müssten, die vorläufig noch durchaus fehlen oder die wenigstens nur bruchstückweise bekannt sind. Ueber die Zerstörungsziffer der Brut ist hier wohl Nichts ermittelt und selbst die Anzahl der jährlich producirten Eier ist nur für einzelne Arten bekannt. Dennoch möchte ich hier die sehr interessanten Mittheilungen von Herrn Clessin folgen lassen, als ersten Anfang zu einer Alters-Statistik der Mollusken.

1) „Vitrinen sind einjährig; im Frühjahr sterben die alten Thiere ab, nachdem sie ihren Laich abgesetzt haben, aus dem sich junge Thiere entwickeln, die bis zum nächsten Frühjahr ausgewachsen sind."

2) „Die Succineen sind meist zweijährig, Succinea putris vielleicht dreijährig. Die Begattungszeit fällt in den Juni bis Anfang August, die Jungen entwickeln sich bis zum Herbst. Succinea Pfeifferi und elegans überwintern und markiren dies durch deutlichen Jahresabsatz. Im nächsten Jahr sorgen sie im Juli und August für die Nachkommenschaft und sterben dann im Herbst ab, bis wohin sie ausgewachsen sind."

3) „Unsere einheimischen Pupa-, Bulimus- und Clausilia-Arten haben mit Ausnahme von Bulimus detritus nur wenig deutliche Jahresabsätze; die Thiere brauchen aber kaum mehr als zwei Jahre zur völligen Ent-

wicklung. Bei der grossen Zahl vollendeter Gehäuse lebender Thiere dieser Gattungen, die gegen die unvollendeten stets stark vorwiegen, scheint es nur wahrscheinlich, dass die Thiere dieser Gattungen länger in vollendetem Zustand existiren als unsere übrigen Heliceen. Ich habe immer wenigstens zwei Drittel vollendete Gehäuse dieser langgewundenen Genera lebend getroffen, ein Verhältniss, das ich bei den grösseren Heliceen nie beobachtet habe; doch fehlt mir bezüglich dieser grösseren Lebensdauer im ausgewachsenen Zustand direkte Beobachtung."

4) Die Heliceen (sensu strict.) sind 2—4jährig, Helix sericea, hirnida 2—3jährig, H. hortensis, memoralis, arbustorum 3jährig in der Regel, H. pomatia 4jährig. Die Begattung ist bei diesen Arten weniger an eng begrenzte Zeiten gebunden, sondern hat bei älteren Thieren schon im Frühjahr gleich nach Beendigung des Winterschlafs, bei 2jährigen auch später bis zum Nachsommer statt.

5) „Die Hyalineen sind wohl meist nur 2jährig, selten, selbst die grösseren Arten, vielleicht nur ausnahmsweise 3jährig; die kleinsten Hyalineen und Heliceen sind höchstens 2jährig. Die Vertheilung des Lebens ist von der Zeit der Begattung der Aeltern abhängig, also vorzugsweise davon, ob das junge Thier schon zeitig im Sommer, oder später im Herbst abgesetzt wurde und ob dessen erstjährige Entwicklung eine grössere oder geringere ist."

6) „Die Lymnaeus-, Planorbis- und Ancylus-Arten sind 2—3jährige Thiere, d. h. sie sind in 2 oder 3 Jahren ausgewachsen; Lymnaeus auricularis ist meist 2jährig, L. palustris und pereger 2—3jährig. Letzteren habe ich sogar im Gebirge (bairische Alpen bei Oberstorf) sogar ausnahmsweise 4jährig getroffen, d. h. mit drei deut-

lichen Jahresabsätzen, während Exemplare aus der Ebene immer nur zwei Absätze zeigten."

7) „Die Paludineen sind 3—4jährig."

8) „Die kleinen Bivalven, Pisidium und Cyclas erreichen wohl selten mehr, als ein 2jähriges Alter, die grossen Bivalven, die Najaden dagegen überschreiten häufig ein volles Decennium, ja ohne eine grössere Anzahl von Jahresringen (12—14) sind sie gar nicht ausgewachsen. Es ist möglich, dass die Beschaffenheit des Wohnorts auf die Dauer für diese Familie grossen Einfluss hat."
„Unio und Anodonta werden im dritten bis fünften Jahre geschlechtsreif."

Ueber die Lebensdauer der Meeres-Mollusken existiren meines Wissens nur wenige Angaben und diese sind meist sehr unbestimmt. Die Riesenmuschel, Tridacna gigas, soll 60—100 Jahre alt werden[1]), Cephalopoden werden jedenfalls alle älter als ein Jahr, die meisten wohl älter als ein Jahrzehent und die grosen Riesenexemplare, die zuweilen als „Seeschlange" auftauchen, brauchen wohl viele Jahrzehnte zur Erreichung einer so bedeutenden Körpergrösse. Für eine grosse Meeresschnecke Natica heros, hat L. Agassiz durch Sortirung einer grossen Masse von Individuen nach der Grösse die Lebensdauer auf 30 Jahre bestimmt[1]).

Ueber die Lebensdauer von Ascidien bin ich in der Lage eine auf der zoologischen Station in Neapel gemachte Beobachtung hier mittheilen zu können. Die schöne, weisse Seescheide, Cionea intestinalis hat sich in den dortigen Aquarien in grosser Masse angesiedelt und

---

1) Bronn, Klassen und Ordnungen des Thierreichs, Bd. III, p. 466, Leipzig.

Herr Professor Dohrn sagt mir, dass sie dort jährlich drei Generationen macht, so zwar, dass jedes Individuum nur etwa fünf Monate alt wird und dann, nachdem es sich fortgepflanzt hat, abstirbt. Aeussere Ursachen dieses raschen Absterbens sind nicht erkennbar.

Dass die Süsswasserformen der Mooskorallen oder Bryozoen einjährig sind, ist zwar bekannt, allein ob die ersten, im Frühjahr auftretenden Individuen eines Stöckchens den ganzen Sommer über am Leben bleiben, ist nicht bekannt; ebensowenig die Dauer der Einzelthiere bei den Meeres-Bryozoen.

Die hier mitgetheilten genauen Angaben von Clessin über Süsswasser-Mollusken ergeben im Allgemeinen eine überraschende Kürze der Lebensdauer. Nur solche Formen, die vermöge ihrer bedeutenderen Grösse mehrere Jahre nöthig haben, um geschlechtsreif zu werden bringen es auf ein Jahrzehent oder drüber (Unio, Anodonta), selbst unsere grösste einheimische Schnecke, Helix pomatia, lebt nur vier Jahre lang und viele kleine Schneckenarten nur ein Jahr, oder, falls sie es in diesem noch nicht zur Geschlechtsreife bringen: zwei Jahre. Mir scheint dies zunächst darauf hinzuweisen, dass diese Mollusken einer grossen Zerstörung im erwachsenen Zustande ausgesetzt sind, mehr noch, oder doch ebenso sehr, als in der Jugend. Die Sache verhält sich, wie es scheint, hier umgekehrt, wie bei den Vögeln: die Fruchtbarkeit ist sehr gross (eine einzige Teichmuschel beherbergt mehrere 100,000 von Eiern), die Zerstörung der Brut im Verhältniss zur Zahl der producirten Keime bedeutend geringer; dadurch wird eine viel kürzere Lebensdauer des einzelnen, reifen Individuums möglich und diese war wünschenswerth, weil die reifen Individuen einer starken Zerstörung ausgesetzt sind.

Das Letztere lässt sich freilich für jetzt nur ganz ungefähr andeuten, nicht aber mit irgend welcher Sicherheit nachweisen. Vielleicht spielt auch dabei weniger die Zerstörung des einzelnen reifen Thiers, als vielmehr die Zerstörung seiner Sexual-Drüsen eine Rolle; es ist jedem Zootomen bekannt, welche Verheerungen parasitische Würmer (Trematoden) in den innern Organen der Schnecken und Muscheln anrichten; die Eierstöcke der Letzteren bestehen häufig lediglich aus Schmarotzern und solche Thiere sind dann fortpflanzungsunfähig. Uebrigens haben die Schnecken auf dem Lande und im Wasser auch zahlreiche Feinde, die ihr Leben zerstören (im Wasser Fische, Frösche und Tritonen, Enten und andere Wasservögel — auf dem Lande verschiedene Vögel, die Igel, Kröten u. s. w.).

Wenn die hier angedeuteten Grundsätze in ihrer Anwendung auf die Süsswasser-Mollusken richtig sind, dann würde man weiter schliessen dürfen, dass Schnecken, die nur ein Jahr im reifen (fortpflanzungsfähigen) Alter ausdauern, einer grösseren Zerstörung durch Feinde und andere ungünstige Verhältnisse ausgesetzt sind, als solche, die zwei oder drei Jahre im reifen Zustand ausdauern — oder aber, was ebensogut möglich wäre, dass die Letzteren eine stärkere Zerstörung der Brut auszuhalten haben.

6. Ungleiche Lebensdauer der beiden Geschlechter.

Bei Insekten ist dieselbe nicht so selten; so leben die Männchen jener merkwürdigen kleinen Bienen-Schmarotzer, der **Strepsipteren** oder **Fächerflügler**, nur 2—3 Stunden im reifen Zustand, während ihre flügellosen, madenartigen Weibchen erst nach 8 Tagen absterben; das Weibchen lebt also hier etwa 64 Mal so lang als das Männchen. Auch die Erklärung dieses Verhältnisses liegt auf der Hand, denn ein längeres Leben der Männchen würde nutzlos für die Art sein, während die Weibchen lebendige Junge hervorbringen und erst ihre Brut zur Reife bringen müssen, ehe sie für die Art überflüssig werden.

Auch bei der Reblaus (Phylloxera vastatrix) leben die Männchen viel kürzer als die Weibchen; sie entbehren nicht nur des Saugrüssels, sondern auch des Darms, können sich also nicht ernähren, vollziehen kurze Zeit nach dem Ausschlüpfen die Begattung und sterben dann ab.

Die Insekten sind auch nicht die einzigen Thiere, bei welchen den beiden Geschlechtern ungleiche Lebensdauer zu Theil geworden ist. Man hat nur diesem Verhältniss bisher wenig Aufmerksamkeit geschenkt und besitzt daher keine positiven Angaben über die Lebensdauer, allein sie lässt sich in einigen Fällen aus dem anatomischen Bau oder der Entwicklungsweise erschliessen. So besitzen die Männchen der Räderthiere sammt und sonders weder Mund noch Magen oder Darm, sie können sich somit nicht ernähren und werden ohne Zweifel sehr viel kürzer leben als ihre Weibchen, welche mit vollständigem Verdauungsapparat ausgerüstet sind. Auch die zwerghaften Männchen mancher parasitisch lebenden Copepoden (niedere Kruster) und die sog. „complementären Männchen" der Cirripedien oder Rankenfüsser sind darmlos und müssen viel kürzer leben als die Weibchen, und die Männchen der Entonisciden (der in grösseren Krebsen schmarotzenden Binnenasseln) können sich zwar ernähren, sterben aber nach der Begattung, während die Weibchen dann erst zur parasitären Lebensweise übergehen und noch lange leben und Eier produciren. Auch die zwerghaften Männchen eines Meereswurms, der Bonellia viridis, werden vermuthlich um Jahre kürzer leben, als ihre hundert Mal grösseren Weibchen, obwohl sie einen wenn auch mundlosen Darmkanal besitzen, und diese Beispiele liessen sich sicherlich aus der vorhandenen Litteratur noch bedeutend vermehren.

In den meisten Fällen sind es die Weibchen, welche länger leben und dies bedarf keiner besondern Erklärung, allein der umgekehrte Fall ist ebenfalls denkbar, wenn nämlich die Weibchen bedeutend seltner sind und die Männchen viel Zeit mit ihrer Aufsuchung verlieren müssen. Der oben erwähnte Fall von Aglia Tau gehört vielleicht hierher.

Ob nun eine Verlängerung der Dauer des einen oder eine Verkürzung der des andern Geschlechtes anzunehmen ist, wird nicht immer mit Sicherheit zu entscheiden sein. Dass aber Beides vorkommen kann, lässt sich allerdings erweisen.

So handelt es sich bei den Bienen und Ameisen ohne Zweifel um eine Verlängerung des Lebens der Weibchen, wie daraus hervorgeht, dass die muthmaasslichen Vorfahren der Bienen, die Pflanzenwespen, in beiden Geschlechtern nur einige Wochen leben, bei den Fächerflüglern aber ist die kurze Dauer der Männchen das Secundäre, Erworbene, da sie überhaupt nur hier und da bei den Insekten vorkommt.

7. Bienen.

Ob die Arbeiterinnen der Bienen ebenso lange leben können, falls sie künstlich vor den Gefahren bewahrt werden, denen sie beim freien Leben meist schon nach wenigen Monaten zum Opfer fallen, ist durch Versuche noch nicht festgestellt, doch möchte ich es vermuthen, einmal weil es bei den Ameisen so ist, und dann, weil die Eigenschaft der Langlebigkeit offenbar schon im Ei latent enthalten sein muss. Die Eier, aus welchen Königinnen kommen, und diejenigen, aus welchen Arbeiterinnen kommen, sind aber bekanntlich identisch und nur Verschiedenheiten in der Ernährung der Larven bedingen die Entwicklung zur Königin oder Arbeiterin.

8. Tod der Zellen im höheren Organismus.

Dass der Eintritt des „normalen" Todes und die Nothwendigkeit desselben auf einer allmälig eintretenden Abnützung durch die Funktionirung beruhe, ist schon oft ausgesprochen worden. So sagt Bertin[1]) in Bezug auf das thierische Leben: „l'observation des faits y attache l'idée d'une terminaison fatale, bien que la raison ne découvre nullement les motifs de cette necessité. Chez les êtres qui font partie du règne animal l'exercice même de la rénovation moléculaire finit par user le principe qui l'entretient sans doute parceque le travail d'échange ne s'accomplissant pas avec une perfection mathématique, il s'établit dans la figure, comme dans la substance de l'être vivant une déviation insensible, et qui l'accumulation des écarts finit par amener un type chimique ou morphologique incompatible avec la persistance de ce travail."

Hierbei ist der Ersatz der verbrauchten Gewebs-Elemente durch neue gar nicht in Betracht gezogen, es wird vielmehr versucht, plausibel zu machen, dass die Funktion des Ganzen nothwendig Abnutzung im Gefolge haben müsse. Es fragt sich aber wohl zunächst, ob nicht der Untergang des Ganzen darauf beruht, dass die einzelnen histologischen Elemente, die Zellen, sich durch ihre Funktionirung abnützen. Dies räumt auch Bertin ein, wie denn überhaupt

---

1) Siehe dessen Artikel „Mort" in „Encyclop. scienc. méd." Vol. M. p. 520.

die Idee eines Zellenwechsels der Gewebe immer mehr zur Anerkennung gelangt. Wenn man nun aber auch zugeben muss, dass bei den vielzelligen Thieren eine Abnutzung ihrer histologischen Elemente thatsächlich stattfindet, so ist doch damit noch nicht bewiesen, dass und warum dieselbe stattfinden muss der Natur der Zelle und der Lebens-Vorgänge nach; es erhebt sich vielmehr sofort die Frage: wie kommt es, dass die Gewebezellen der höheren Thiere sich durch ihre Funktionirung abnutzen, während doch die Zellen, so lange sie freilebende, selbstständige Organismen waren, die Fähigkeit ewiger Dauer in sich trugen? warum können nicht auch die Gewebezellen das durch den Stoffwechsel momentan gestörte Gleichgewicht der Kräfte immer wieder von Neuem herstellen, so dass also dieselbe Zelle fort und fort funktioniren, d. h. leben kann, ohne sich in ihren Eigenschaften zu verändern. Ich habe diesen Punkt im Texte der gebotenen Kürze halber nicht berührt, er ist aber offenbar von Wichtigkeit und bedarf einer Besprechung.

Zunächst scheint mir aus der ewigen Dauer einzelliger Wesen soviel mit Sicherheit hervorzugehen, dass die Abnützung der Gewebezellen eine sekundär erworbene Einrichtung ist, dass der Tod der Zelle so gut als der Tod überhaupt erst mit den complicirten höheren Organismen eingeführt worden ist. Er beruht somit nicht auf der eigentlichen Natur der Zelle als Ur-Organismus, sondern auf einer Anpassung derselben an die neuen Verhältnisse, in welche die Zelle gerieth, als sie mit vielen andern zusammen zu einem höheren Organismus, einem Zellenstaat zusammentrat. Ein Zellenwechsel der Gewebe muss vortheilhafter für die Funktionirung des ganzen Organismus gewesen sein, als die unausgesetzte Functionirung derselben Zellen, indem die Leistungen der einzelnen Zellen dadurch höher gesteigert werden konnten. Zum Theil lässt sich dies auch jetzt schon ganz bestimmt fassen, denn viele Drüsensekrete z. B. sind ja Nichts als aufgelöste Zellen des Organismus. Diese müssen also absterben und sich loslösen vom Organismus, falls das Sekret überhaupt zu Stande kommen soll. In vielen andern Fällen ist die Sache noch dunkel und harrt der Untersuchungen der Physiologie. Man kann einstweilen auf die Folgen des Wachsthums hinweisen, welches nothwendig mit der massenhaften Bildung neuer Zellen verbunden ist, durch welches allein also schon stets dem Organismus gewissermaassen die Wahl zwischen den alten, bisher funktionirenden und den neuen, sich zwischen sie einschiebenden Zellen gelassen wird. Der Organismus konnte es deshalb — bildlich gesprochen — wagen, verschiednen specifischen Gewebszellen eine stärkere Leistung zuzumuthen, als sich mit ihrem eignen Fortleben, ihrer eignen Integrität vertrug; die Vortheile, welche dadurch dem Ganzen erwuchsen, überwogen die Nachtheile des Untergangs der einzelnen Zellen. Grade die aus Zellendetritus bestehenden Drüsensekrete beweisen, dass den Zellen des complicirten Organismus zum Theil Funktionen übertragen sind, die nothwendig mit ihrer Auflösung und ihrem Austritt aus dem lebendigen Zellverband des Körpers verbunden sind. Ganz ebenso steht es ja nachweislich mit den Blutzellen, deren Funktion es mit sich bringt, dass sie vollständig aufgelöst werden. So ist es denn auch nicht nur denkbar,

---

Anm. Auf welchem Wege die Arbeitstheilung der Zellen im höheren Organismus zu Stande kommt und durch welche mechanischen Vorgänge überhaupt die inneren Zweckmässigkeiten des Organismus entstehen, hat kürzlich Roux zu entwickeln versucht in seiner Schrift: „Der Kampf der Theile im Organismus." Jena 1881.

sondern sehr wahrscheinlich, dass viele andere Funktionen der höheren Organismen ebenfalls zur Zerstörung ihrer Träger führen, nicht deshalb weil die lebendige Zelle durch den Lebensprocess selbst nothwendig abgenutzt und dem Tode zugeführt wird, sondern weil die **specifischen Funktionen, welche grade diese Zellen im Haushalt des Zellenstaates übernommen haben, zu ihrer Auflösung führen müssen.** Dass aber solche mit dem Opfer einer grossen Zahl von Zellen verbundenen Funktionen überhaupt in den Organismus eingeführt werden konnten, beruht lediglich auf der Möglichkeit des Ersatzes durch neuentstandene Zellen, also auf der Fortpflanzung der Zellen.

A priori lässt sich die Möglichkeit nicht bestreiten, dass es auch Gewebe gebe, deren Zellen durch ihre Funktionen nicht abgenützt würden; es ist aber wohl sehr unwahrscheinlich, wenn man bedenkt, dass alle specifischen Gewebszellen ihre Constitution einer einseitigen und sehr weit gehenden Arbeitstheilung verdanken, dass sie also viele Eigenschaften des einzelligen, auf sich selbst beruhenden Organismus längst verloren haben. Jedenfalls kennen wir eine potentia vorhandene Unsterblichkeit der Zelle nur von den selbstständigen einzelligen Wesen und nur diese müssen ihrer Natur nach so constituirt sein, dass die sich stets wieder von Neuem in integrum restituiren.

Fände im höhern Organismus kein Zellersatz statt, so könnte man versucht sein, den Tod desselben direkt aus der Arbeitstheilung seiner Zellen herzuleiten und zu sagen, die specifischen Gewebszellen haben die der selbstständigen Urzelle zukommende Fühigkeit zu ewiger Dauer verloren eben durch die einseitige Ausbildung ihrer Thätigkeit; sie können nur eine gewisse Zeit lang funktioniren, dann sterben sie ab und mit ihnen der Organismus, dessen Leben durch ihre Thätigkeit bedingt wird; je länger sie funktioniren, um so unvollkommner erfüllen sie die Lebenserscheinungen des Ganzen und rufen so die Involutionserscheinungen hervor. Da aber der Zellersatz für viele Gewebe (Drüsen, Blut u. s. w.) fest steht, so kann man auf diesem Wege niemals zu einer befriedigenden Erklärung des Todes gelangen, sondern muss eine Begrenztheit des Zellersatzes hinzunehmen. Eine Erklärung für diese aber kann — wie mir scheint — nur in den allgemeinen Beziehungen des einzelnen Individuums zur Art und zur Gesammtheit der äussern Lebensbedingungen gefunden werden, wie dies im Text versucht wurde.

9. Tod durch Katastrophe.

Das merkwürdigste Beispiel dieser Art, welches ich kenne, ist das der männlichen Bienen. Man hat schon lange gewusst, dass die Drohne bei der Begattung stirbt, glaubte aber, dass die Königin das Männchen todtbeisse. Neuere Beobachtungen haben ergeben, dass dem nicht so ist, sondern dass das Männchen während der Begattung plötzlich stirbt und dass die Königin nachher, um sich von der Last des Todten zu befreien, den Körper vom festsitzenden Penis abbeisst. Dieser Fall ist offenbar dem Tod durch plötzlichen Affekt einzureihen, denn auch bei künstlicher Erektion stirbt das Thier sofort. v. Berlepsch theilt darüber sehr interessante Beobachtungen mit. Er sagt: „Fasst man, wenn bei dem Befruchtungsausflug das Volk stark vorspielt, eine Drohne an den Flügeln, ohne einen sonstigen Körpertheil zu berühren und hält sie ganz frei in die Luft, so stülpt sich der Penis um und das Thier ist todt, regungslos und wie vom Schlag getroffen. Ganz dasselbe findet statt, wenn man zu solcher Zeit eine

Drohne ganz leise auf dem Rücken berührt. Die Männchen befinden sich nämlich dann in einem so aufgeregten und reizbaren Zustande, dass bei nur einiger Musculation (?) oder Berührung der Penis sofort sich umstülpend hervorspringt [1]". Hier tritt also der Tod durch sog. „Nervenschlag" ein. Bei den Hummeln verhält sich dies nicht so, das Männchen stirbt nicht bei der Begattung, „sondern zieht den Penis wieder hervor und fliegt davon". Aber auch für die Bienenmännchen kann der Tod während der Begattung nicht als der normale Tod angesehen werden. Die Thiere können vielmehr vier Monate lang leben, wie der Versuch gezeigt hat [2]). In der Regel leben sie freilich viel kürzer, da die Arbeiterinnen sie einige Zeit nach dem Hochzeitsflug der Königin zwar nicht — wie man früher annahm — direkt tödten, wohl aber vom Honig absperren und aus dem Stock hinausdrängen [3]), wodurch sie dann verhungern.

Dass auch der plötzliche oder doch sehr rasch erfolgende Tod nach der Einblage ein Tod durch Katastrophe genannt werden muss, beweist der Umstand, dass die Weibchen gewisser Psychiden-Arten, wenn sie sich geschlechtlich fortpflanzen, mehrere Tage ja bis über eine Woche auf das Männchen lebend ausharren können, nach erfolgter Begattung aber die Eier ablegen und sterben, während parthenogenetische Weibchen derselben Art sofort nach dem Abstreifen der Puppenhülle die Eier ablegen und sterben. Die Ersteren leben mehrere Tage, die Letzteren nicht über 24 Stunden. „Die parthenogenetische Form von Solenobia triquetrella legt bald nach dem Ausschlüpfen ihre gesamm-

---

1) v. Berlepsch, „Die Biene und ihre Zucht" etc.
2) Oken, Isis 1844, p. 506.
3) v. Berlepsch a. a. O p. 165

ten Eier in den verlassenen Sack, fällt dann ganz eingeschrumpft von demselben herab und ist nach einigen Stunden todt".

(Nach brieflicher Mittheilung von Herrn Hofrath Dr. Speyer in Rhoden).

10. Vermischungs-Rotation bei Theilung einzelliger Organismen.

Siehe: August Gruber, „Der Theilungsvorgang bei Euglypha alveolata" und Derselbe, „Die Theilung der monothalamen Rhizopoden", Zeitschr. f. wiss. Zoologie Bd. XXXV und XXXVI, p. 104 (1881). Bei den Amöben ist die Theilung ganz gleichmässig, so dass von Mutter und Tochter dabei nicht die Rede sein kann. Bei Euglypha und Verwandten bedingt die Schale einen Unterschied zwischen den beiden Theilhülften, so dass man hier das junge vom alten Thier unterscheiden kann. Das ursprüngliche Thier bildet nämlich in seinem Innern die Schalstücke für das Tochterthier. Diese werden vom Protoplasma aus der alten Schale hinausbefördert und lagern sich dort der Oberfläche des zur Abschnürung bereiten Protoplasma-Körpers des Tochterthiers auf, ordnen sich und wachsen zur neuen Schale zusammen. Die Theilung des Kerns folgt hier der Theilung des Protoplasma's nach, so dass einige Zeit hindurch das Tochterthier noch ohne Kern ist. Obgleich man nun bei dieser Art das Tochterthier auch nach seiner völligen Trennung vom Mutterthier ganz wohl an seiner jüngeren helleren Schale erkennen kann, so kann doch nicht angenommen werden, dass die Eigenschaften der beiden Thiere selbst irgendwie verschieden seien, denn unmittelbar vor der Trennung beider Individuen findet die im Texte erwähnte Rotation des Protoplasma's durch beide Schalen hindurch statt, also eine vollständige Vermischung der Leibessubstanz.

Bei der Quertheilung von Infusorien ist der Unterschied der beiden Theilhülften noch grösser, da auf der vorderen der After neu gebildet werden muss, auf der hinteren der Mund etc. Ob hier irgend Etwas wie die Rotation des Protoplasma's von Euglypha vorkommt, ist nicht bekannt. Sollte dies aber auch nicht der Fall sein, so ist damit doch durchaus noch kein Grund dazu gegeben, den beiden Theilhälften eine verschiedene Dauerfähigkeit zuzusprechen.

Theoretisch bedeutsam scheint mir der Theilungsprocess der Diatomeen zu sein, insofern hier, wie bei den oben erwähnten Monothalamien (Euglypha etc.) die neue Kieselschale im Innern des primären Bion sich anlegt, aber dann nicht wie dort nur für die eine Theilhälfte, sondern für beide verwandt wird (siehe: v. Heusen, Physiologie d. Zeugung p. 152); vergleicht man die Diatomeenschale einer Schachtel, so bilden die zwei Hülften der alten Schale die beiden Deckel für die Theilhälften, während die Schachteln selbst neugebildet werden. Hier tritt uns also auch in Bezug auf die Schalen eine völlige Gleichheit der Theilungshülften entgegen.

11. Regeneration.

In jüngster Zeit sind auf Anregung einer Würzburger Preisfrage mehrere Untersuchungsreihen über Regenerationsfähigkeit verschiedener Thiere angestellt worden, die die Angaben älterer Forscher, wie die Spallanzani's, wenigstens in den Hauptpunkten bestätigt haben. So hat Carrière gezeigt, dass bei Landschnecken nicht nur Fühler und Augen, sondern auch ein Theil des Kopfes wieder von Neuem gebildet wird, wenn er abgeschnitten worden war, wenn sich ihm freilich auch die alte Angabe Spallanzani's und Andrer, dass der ganze Kopf sammt Nervencentren sich wieder ersetze, als ein Irrthum erwiesen hat. Siehe J. Carrière, „Ueber Regeneration bei Landpulmonaten": Tagebl. der 52. Versammlg. deutsch. Naturf. p. 225 —226..

12. Lebensdauer der Pflanzen.

Der Titel der im Text erwähnten Schrift über diesen Gegenstand lautet: F. Hildebrand „Die Lebensdauer und Vegetationsweise der Pflanzen, ihre Ursache und ihre Entwicklung". Engler's botanische Jahrbücher, Bd. II, 1. und 2. Heft, Leipzig 1881.